엄마는 비 오는 날 ———

꽃놀이 여행을 떠났다

엄마는 비 오는 날
꽃놀이 여행을 떠났다

강현숙 × 추소라

프롤로그

엄마는 비 오는 날
꽃놀이 여행을 떠났다

직장암 말기 엄마와의
추억과 이별을 담은 100일간의 기록

'엄마'라는 단어를 듣고 괜스레 마음 한편이 아련해지지 않을 사람이 있을까? 어릴 적 나는 언제나 학교를 마치고 집으로 돌아오는 길이 신났다. 어른이 돼서도 그랬다. 하교하던 시절을 지나 퇴근하고 지쳐 돌아올 나이가 돼서도 '오늘 저녁엔 엄마가 뭘 해줄까?' 생각하며 설렜다. 현관문을 열고 집으로 들어가면 항상 따뜻하게 반겨주는 '엄마'가 있었다. 단 하루도 엄마가 우리를 반겨주지 않은 날은 없었고, 따뜻한 엄마의 밥상이 차려지지 않은 날도 없었다.

그렇게 항상 우리 곁에 있던 엄마가 어느 날 갑자기 세상에 우리만 두고 훌쩍 떠났다면?

32살의 나, 30살의 선철이, 26살의 유라 그리고 59살의 아빠는 엄마가 떠난 지 1년이 넘었지만, 아직도 엄마의 빈자리를 실감하지 못하고 있다. 우리 가족은 '엄마'를 부를 수 있는 시간이 영원할 줄 알았다. 엄마와의 마지막이 이렇게 빨리 찾아올 줄 몰랐다.

엄마가 처음 아프다고 했을 때 손을 붙잡고 바로 병원으로 갔었더라면 괜찮아졌을까? 치료 방법을 바꿨더라면 결과가 달라졌을까? 항암치료를 하지 않았더라면 조금 더 살 수 있었을까?

도대체 어디서부터, 무엇부터 잘못된 걸까?

.

.

.

나 때문일까?

엄마가 아프고, 돌아가시기까지를 후회하고 묻기를 반복하다 보니 어느새 앞으로 우리 가족은 엄마 없이 잘 살 수 있을지, 갑자기 엄마가 보고 싶어지면 이젠 어떻게 해야 할지, 그런데 엄마는 우리 엄마로 태어나서 행복했을지, 답을 알 수 없는 물음들로 머릿속이 뒤덮였다.

어느 날부터였을까. 복잡 미묘하게 섞여버린 내 안의 감정들을 꾹꾹 담아 글로 정리하기 시작했다. 엄마와의 병원생활, 떠나보내기 전 나누었던 대화, 엄마와의 이별 그리고 남겨진 물건과 사망 신고 및 서류 정리. 이전과 비슷한 일상인 듯 완전히 달라진 우리 가족의 이야기와 마음속으로만 간직하고 있었던 나의 이야기들을 써내려갔다.

엄마는 참을 수 없이 고통스럽고, 누구도 감히 공감할 수 없는 외로운 투병 중에도 우리에게 고생만 시키고 가서 미안하다고 했다. 반대로 나는 내가 더 똑똑하고 잘난 딸이었다면 더 좋은 환경에서, 덜 아프게 간호해드릴 수 있었을 텐데 하는 아쉬움이 컸다. 서로에게 미안함과 애틋함이 가득한 시간이었다.

하지만 무엇보다 100일이라는 엄마의 마지막 시간을 함께하면서, 우릴 낳고 키워주신 은혜를 갚을 수 있어 감사했다. 우리에겐 그 하루하루가 세상 어떤 것보다 소중했다.

지금 이 순간, 우리 엄마와 같은 상황으로 고통스러운 시간을 보내고 있을 말기 암 환우들과 보호자들, 그리고 영원히 곁에 있을 것만 같던 누군가와의 헤어짐에 눈물이 멎지 않는 나날을 보내고 있을 당신에게 이 책이 조금이나마 위로가 되길 바란다.

누나, 엄마가 암이래

우리 엄마에게 찾아온 첫 번째 암 선고

"누나, 엄마가 암이래."

2013년 5월 어느 날, 캐나다에서 어학연수 중이던 내게 동생이 전화해서 한 말이었다. 그때 나는 학업을 마치고 한국으로 돌아갈 날이 얼마 남지 않은 시점이었다. 그날따라 아빠와 남동생, 이모에게까지 부재중 전화가 와있었다. 이상한 날이었다. 자는 동안 전화벨이 무수히 울려도 받지 못했다. 아침에 일어나서야 겨우 남동생 전화를 받았다.

"누나, 엄마가 직장암이래."
"그게 무슨 말이야?"

엄마가 암이라니, 얘가 무슨 소리를 하나 싶었다.

나는 상황 파악이 되지 않아서 바로 아빠에게 전화를 걸었다. 무슨 일인지 물었다. 그러자 아빠가 갑자기 울먹였다. 아빠의 흐느낌은 점점 커졌고, 수화기를 통해 이 먼 곳까지 슬픔이 고스란히 느껴졌다. 아빠가 우는 모습은 할아버지가 돌아가셨을 때밖에 못 봤는데… 그런 아빠가 정신을 놓은 듯 울고 있었다. 얼떨떨했다.

"소라야, 요즘 배도 자주 아프고, 화장실 가는 것도 불편해."

문득 캐나다로 떠나오기 전 엄마가 한 말이 머릿속에 스쳤다. 당시 나는 그 말을 듣고 왠지 모를 불안감에 몇 번이나 병원에 가자고 했다. 하지만 엄마는 "큰일이 날까 무서워."라며 병원 가는 걸 미뤘다. 결국 나는 가족들에게 엄마의 병원 검진을 당부하고 캐나다로 떠나왔다. 그리곤 정신없이 캐나다 생활에 적응하느라 그 일을 새까맣게 잊고 있었다.

'아, 선철이 말이 진짜구나. 이거 뭔가 잘못됐구나'

암이라니, 남 얘기라고만 생각했던 일이었다. 이런 일

이 나에게, 우리 가족에게 일어날 거라고는 한 번도 생각해본 적 없었다. 아빠와의 통화 이후 아무것도 하지 못하고 멍하니 있다가 이내 정신을 가다듬으며 하나하나 퍼즐 조각을 맞추듯 최근의 엄마에 대해 생각해보았다.

아! 그러고 보니, 이상한 게 하나 있었다. 매달 날짜를 맞춰 엄마가 보내주던 용돈이 이번에는 안 들어온 것이었다. '며칠 뒤면 방값도 내야 하는데 왜 돈을 안 보내지?' 생각하다가 엄마한테 전화해서 용돈을 달라고 했었다.

'아… 그래서 그랬구나', 이제야 상황이 조금 이해가 되기 시작했다. 나는 엄마가 아픈데 외국에서 공부하면서 용돈이나 보내달라고 하는 철없는 딸이 되어버렸다. 갑자기 자책감이 들었다.

'나 유학 괜히 왔나?' 싶었다. 그리고 '나 때문에 엄마가 그렇게 됐나? 내가 한국에 있었으면 괜찮지 않았을까?' 별의별 생각을 다 하면서 나 자신을 탓하기 시작했다. 모든 게 다 내 잘못인 것 같았다. 거의 2박 3일을 울었다. 밥도 못 먹고, 공부도 못했다. 매일 밤 울면서 잠들었다.

그땐 가족도 없이 나 혼자서 그 고통을 감당해야 하는 게 너무 힘들었지만, 이제 와 생각해보니 캐나다에 있을 때 엄마 소식을 들은 게 다행이라는 생각도 든다. 가족들과 함께 있었으면 나는 강한 모습을 보이려고 울지도 못하고 억지로 내 감정을 참았을 게 분명했다. 하지만 먼 곳에 혼자 있던 그때, 나는 울고 싶을 때마다 울었다. 슬픔을 참지 않아도 됐었다. 소리를 지르며 엉엉 운 적도 많았다.

그렇게 나는 조금씩 감정을 털어낼 수 있었다. 그래서 나중에 귀국해서 엄마 간병을 할 때는 울지 않을 수 있었다. 아픈 엄마 앞에서도, 힘들어하는 가족들 앞에서도 강하게 엄마를 돌보고 지킬 수 있었다. 그때 많이 울어두어서 다행이라는 생각이 들었다.

엄마의 암 소식을 들은 지 며칠이나 됐을까? 겨우 정신을 차린 나는 당장 한국으로 가겠다고 연락했다.

"아니야, 올 필요까지는 없어. 병원에서도 수술만 하면 문제없대. 엄마가 생사의 갈림길에 있는 것도 아닌데, 공부 다 마치고 와."

가족 모두가 나의 귀국을 말렸다. 심각한 상황은 아니니, 공부를 하고 오라고 나를 설득했다. 곧이어 엄마에게도 전화가 왔다.

"소라야, 엄마 때문에 공부 못 했다고 하지 말고, 얼마

안 남았으니까 다 끝마치고 와."

엄마 목소리를 들으니 조금은 마음이 놓였다. '그래, 여기까지 왔으니까 열심히 하고 가자. 엄마를 위해서라도 끝까지 하자!' 나는 엄마와 통화 후 마음을 다잡았다. 엄마는 예전부터 항상 우리 남매에게 이런 말을 했다. "아빠가 자기랑 결혼하면 공부도 시켜주고, 대학교도 갈 수 있게 해준다고 했었어. 그런데 속았어. 엄마하고 아빠는 못 배워서 너희들이 배우겠다고만 하면 머리카락을 잘라서라도 가르칠 거야. 가사도우미 일을 해서라도 끝까지 가르칠 거야. 그러니까 엄마 때문에, 아빠 때문에, 돈이 없어서 공부를 못 했다는 소리는 하지 마."

엄마 말이 맞다. 우리 집이 그렇게 부자는 아니지만 남들이 하는 것, 남들이 먹는 것, 남들이 배우는 것은 우리도 다 하면서 자랐다.

그날, 엄마는 '직장암 수술'과 '장루 수술'이라는 것을 했다고 한다. 장루˚는 쉽게 말하면 배꼽 주변에 만든 '인공

˚ 복부 밖으로 장관을 꺼내 장 내용물을 제거하는 것을 목적으로 만든 인공적인 개구부다. 대장의 변 통과를 일시적으로 막거나 직장과 항문 제거 후 변 배출을 막기 위해 사용된다.

항문'이다. 장루 수술을 하는 이유는 대부분 악성 종양과 관련되며, 항문과 인접한 직장암이 대표적인 이유다.

그렇게 우리 엄마 배에 배변 주머니가 생겼다.

엄마는 얼마나 심란했을까? 엄마가 힘들 때 옆에 있어 주지 못해 미안한 마음뿐이었다. 장루는 나중에 수술을 통해 복원할 수 있지만, 복원하지 못하면 평생 가지고 살아야 할 수도 있다고 했다. 우리는 당연히 복원할 수 있을 거라고 생각했다. 그저 임시로 장루를 만들었다고 생각하고 심각하게 받아들이지 않았다. 하지만 안타깝게도 엄마는 돌아가시는 날까지 배변 주머니를 몸에서 떼지 못했다.

목차

PART. 2

엄마에게
기적이
일어나길

☆
다시 시작된
병원생활

PART. 3

엄마에게
한없이
비가 내렸다

☆
여명 2개월
그리고 이별

PART. 1

엄마가 떠났다

언젠가는 겪어야 할 일들,

이별 후유증

안녕, 엄마 잘 지내?
그곳은 아프지도 춥지도 않지?

엄마랑 이별 후 방황하는 너에게

일상을 잘 보내다가도 문득 한 번씩 우울해지는 순간들이 생겼다.

가족들의 식사를 챙기기 위해 냉장고 문을 열었다. 처음에는 우리가 좋아하는 반찬들로 꽉 채워진 냉장고를 보고 울컥했다. 어느 날에는 엄마가 만들어놓은 반찬들이 점점 사라져서 더 이상 엄마의 음식을 먹을 수 없게 되었을 때, 툭-투두둑 눈물이 났다.

갑자기 TV에서 엄마가 좋아했던 연예인이나 노래가 나오면 잠시 하던 일을 멈추고 TV를 멍하니 봤다. 어쩌다가 신촌이나 일산 근처를 갈 때면 더 그랬다. "우와~ 세상이 푸릇푸릇해졌네." 하며 구급차 안에서 엄마가 했던 말들이 떠오르고, 엄마 목소리도 생생하게 기억이 났다. 그런 순간을 마주하면 엄마에 대한 걷잡을 수 없는 그리움에 휩싸이곤 했다. 나는 최대한 엄마와의 추억이 있는 곳에 발길을 들이지 않으려고 노력했다. 하지만 이런 노력을 비웃기라도 하듯 평소에는 잘 가지도 않았던 곳에 왜 그렇게 가야만 하는 일이 많이 생기는지. 마치 온 세상이 작당해서 내가 엄마를 그리워하게 만드는 것 같았다.

어느 날은 퇴근길에 '집에 가면 엄마가 있겠지?' 하는 생각이 훅- 들었다. 그 생각에 무작정 휴대전화를 들어 정지된 엄마 번호로 전화를 걸었다. 받지 않을 걸 알았으면서도, 막상 정지된 번호를 알리는 기계음을 직접 귀로 들으니 마음에 커다란 돌 하나가 쿵 하고 떨어진 기분이었다. 그렇게 한참 휴대전화를 들고 울었다.

이후 전화보다 더 나은 방법을 찾다가 나는 하고 싶었던 말을 문자메시지로 적어 엄마에게 보내기 시작했다. 꽤 괜찮은 방법이었다. 나는 어렸을 때부터 친구들보다 엄마에게 희로애락을 이야기했다. 엄마가 떠나고 하소연할 데가 없어져서 더욱 텅 빈 느낌이 들었던 것 같다. 그래서 찾은 방법이었다.

✉ 엄마, 오늘은 엄마가 해준 비빔국수가 먹고 싶은 날이야. 엄마가 알려준 레시피대로 만들어도 그 맛이 나질 않아 속상해.

✉ 엄마 나 오늘 결혼했어. 어때? 예쁘지? 우리 다 같이 있었으면 참 좋았을 텐데….

✉ 엄마, 왜 내 꿈에 자주 놀러 오지 않아? 나 오늘은 아빠랑 싸웠어. 도대체 말이 잘 안 통하는 거 있지? 시간 되면 꿈에 놀러 와줘. 하고 싶은 이야기가 너무 많거든….

　나는 하고 싶은 무수한 말들을 엄마에게 메시지로 보내면서 가끔 답장을 기다리기도 했다. 그리고 이내 깨달았다.

　'아직도 기적을 바라고 있나 보다 나는…'

　이렇게 불쑥 엄마 생각이 난다. 내 의지와는 전혀 상관없이 시작되는 엄마 생각은 잘 지내고 있던 나를 훅- 하고 집어삼키곤 한다.
　그때마다 나는 언젠가 엄마와 나누었던 대화를 떠올

리며 '항상 엄마가 내 옆에 있다'는 생각에 목구멍에 차오르는 뜨거운 것을 꾸역꾸역 삼켜냈다. 엄마와 장례 절차에 관해 이야기 나눌 때였다.

"엄마, 구례에 수목장을 하면 너무 멀잖아. 그럼 내가 자주 갈 수가 없잖아."

"그럼 화장하고 난 뒤에 뼛가루를 바람에 실어서 조금 뿌려줘. 엄마가 바람에 훨훨 날아갈 수 있게. 그렇게 하면 너희가 살아가는 세상 곳곳에 엄마가 함께할 수 있는 거니까, 그렇게 항상 너희 옆에 엄마가 있을 테니까."

나는 이제 엄마를 눈으로 볼 수 없다. 냄새를 맡을 수도, 만질 수도 없다. 하지만 눈을 감고 엄마를 떠올릴 때면, 머리부터 발끝까지 나의 세포 하나하나에 엄마의 모습과 향기가 가득 채워진다. 가끔 살랑바람이 불 때면 보드랍던 엄마의 손길이 나에게 와 닿는 것처럼 느껴지기도 한다.

내가 먼저 엄마를 보내지 않는 이상, 엄마는 절대로 나를 먼저 떠날 사람이 아니라는 걸 나는 잘 안다. 그래서 괜찮다. 엄마의 마음을 아니까, 엄마의 진심을 너무나 잘 알아서, 나는 혼자 있어도 외롭지 않고 엄마가 떠올라도 이제는 많이 슬프지 않다. 내가 처음 이 세상에 나왔을 때부터 엄마는 매 순간 나와 함께 있었다. 그리고 지금 이 순간에도 엄마는 내 옆에 있다 여전히.

"엄마, 여행 잘하고 있지? 그곳은 아프지도 않고, 춥지도 덥지도 않지? 그럴 거야. 엄마가 우리를 지켜주고 있는 것처럼 우리도 항상 엄마를 잘 지켜달라고 하늘에 빌거든. 엄마 곧 만나자 우리. 그때까지 잘 지내고 있어. 정말 사랑합니다."

.

.

.

"안녕, 엄마."

불쑥불쑥

엄마와의

추억이

떠오르면

난

아 무 것 도

할   수 가

없 었 다 .

밥은 먹었어?, 힘내, 괜찮아지실 거야,
네가 옆에서 잘 도와드려야 돼
"안녕하세요"라는 인사가 어느 날부터 불편해진 너에게

엄마가 아프기 시작한 뒤부터 나는 "안녕하세요?"라는 인사가 불편해졌다. 누군가가 "안녕하세요?" 하며 다가오면 '내가 지금 안녕할 상황으로 보이나?' 하는 생각이 들었다. "어머니는 좀 괜찮으시죠? 식사는 하세요?"라며 누군가 안부를 물으면 그 사람이 고맙기도 하면서도 '내가 지금 이런 상황이니 다음에 이야기를 나눠요'라는 마음을 뒤로 감춘 채 구구절절 대답했다. 그러면 대다수 사람은 "내가 네 심정을 다 이해하지 못하지만, 괜찮아지실 거야. 너무 걱정하지 마." 혹은 "우리 친척의 사돈의 누구도 직장암이셨는데 다들 잘만 살아계셔."라는 식으로 대답했다.

엄마의 여명이 얼마 남지 않았다는 소식을 회사에 알

려야만 했을 때는 "힘내.", "이럴 때일수록 더 강해져야
해." 등등 많은 사람이 걱정 섞인 목소리로 위로의 말을 전
했고 그러면 나는 "네, 고맙습니다. 씩씩하게 헤쳐나갈 수
있어요." 하며 힘을 내보겠다는 식의 영혼 없는 대답을 했
다.

　　이런 상황이 반복되면서 나의 힘든 상황을 다른 이에
게 구구절절 설명할 에너지가 점점 사라졌다(아니, 우는 시
간도 아깝다고 생각하는 이 상황에서 단순한 궁금증인 건지 아니면
정말 걱정되어 묻는 것인지도 모를 그 질문에 대답할 에너지가 아
까웠다). 더 이상 사람들과 대화를 이어나가기가 어려웠다
(아니, 싫어졌다). 어쩌면 뭣도 모르는 남의 말에 더는 상처받
고 실망하고 싶지 않은 마음이 컸던 것 같다. 혹은 불쑥 튀
어나와 버린 날 선 나의 대답이 상대방에게 상처가 되어 의
도치 않은 오해로 대화가 끝이 날까 봐 걱정스러운 마음
도 적지 않았다. 그때는 마음의 여유도 시간의 여유도 없었
다. 사람들이 건네는 안부의 의미를 놓고 씨름할 시간에 나
는 엄마에게 더 집중해야 했고, 엄마에게 내 시간을 온전히
다 사용하기에도 하루가 모자랐다. 엄마에게 집중하기 위
해 나를 뒤죽박죽 복잡하게 만드는 불안한 요소가 있다면

피했다. 휴대전화를 점점 멀리했고 지인뿐만 아니라 가족들과도 불필요한 소통을 줄였다. 내 살 길을 그렇게 찾았던 것 같다. 내가 타인과 대화하는 것을 이토록 힘들어하는 사람인지 그때 처음 알았다.

엄마가 돌아가시고 난 뒤에도 의미 없는 위로나 안부 인사는 계속됐다. 나에게 전화해 "엄마는 죽을 사람이 아니야."라며 되려 자신의 속상함을 토하는 사람, "첫 기일은 어떻게 할 거니.", "첫 생일은 어떤 음식으로 준비할 거니."… 직접 나서서 돕진 않지만, 이것저것 묻기 바쁜 사람도 있었다. 한동안 비슷한 내용의 통화가 반복되다 보니, 나중엔 녹음기에 대답을 녹음해놓고 물을 때마다 틀어놓고 싶은 심정까지 들었다.

이런 답답한 마음을 하소연할 데가 없어서 나는 다시 엄마에게 문자메시지를 보냈다. 이후 엄마 휴대전화에 그 당시 내가 보냈던 문자메시지를 다시 읽어본 적이 있다. 기쁜 소식을 전하기보다 하소연하는 내용이 점점 늘어가는 것이 속상해 스르륵- 지워버렸다.

엄마는 이미 이 상황을 다 알고 속상해하고 있으려나?

내 속 시원하라고 세상에 있는 욕 없는 욕 퍼부어주고 있으려나?

메시지 내용엔 하소연만 가득했지만, 만약 엄마가 내 옆에서 이걸 듣고 있었다면 나는 결국 배꼽 빠져라 웃으며 툴툴 털어냈을 것 같다. 이전에도 엄마와 나는 힘들고 속상한 일이 생기면 서로 이야기하면서 긍정적이고 밝은 에너지로 바꿔버리곤 했으니까. 그렇게 어려움은 별 게 아닌 일이 되었고, 그러다 보면 금세 그 일은 잊었으니까.

이렇게 상처를 서로 나누었던 엄마의 부재는 나에게 어려움이었다. 그래서 그땐 답장이 없는 메시지라도 보내고 나면 아주 조금 마음이 나아지는 듯했다. 1년이 지난 요즘에는 메시지를 보내지 않는다. 이젠 마음속으로 하고 싶은 말을 하면, 엄마의 대답이 들리는 듯하다.

의미 없고 건조한 수많은 위로와 안부에 오히려 마음이 지치는 날들이 있다. 내가 이 마음을 문자메시지에 끄적였던 것처럼, 당신도 그날들을 잘 넘어갈 방법과 연습이 필요할지도 모른다. 하지만 그에 앞서, 혹시 나와 비슷한 상황을 마주한 환우나 보호자가 있다면 그들에게 '지금은 타인의 마음보다 나의 마음에 집중해야 할 때'라고 이야기해주고 싶다. 그 상황에 놓인 사람에게 무엇보다 필요한 것은 선택과 집중이라는 것을 지나고 나니 더 확실하게 느낀다.

특히 아직 환자가 곁에 있는 보호자에게 꼭 명심해야할 마음가짐 하나를 말해주고 싶다. 긍정적인 생각을 할 수 있는 날보다 부정적인 생각과 우울감이 몰려오는 날들이 빈번할 테지만, 단 1퍼센트라도 긍정적인 에너지를 유지하려고 애써야 한다는 것이다. 그래야만 누군가를 돌볼 수 있다. 눈치껏 잠도 자고, 상황이 되면 밥도 먹어야 한다. 체력과 긍정적인 에너지가 바닥나면 짜증과 불만이 표정과 행동으로 드러난다. 아픔 가운데 있는 환우에게 그런 감정을 드러내는 것은 결국 상처를 남길 수밖에 없다. 후에 아픈이들이 떠난 빈자리에서 부디 상처 준 것에 대한 후회를 만들지 않기를 바란다.

소라는 속상하지도 않은가 봐?
울지도 않네?

남들의 말과 행동에 혼자 쓸쓸하게 울고 있을 너에게

장례를 치르고 49재까지 모두 마친 뒤 만나는 사람마다 "소라야, 네가 이제 아빠랑 동생들을 잘 챙겨야 해."라는 말을 했다. '나도 내 엄마를 이제 막 잃었는데 왜 내가 다 챙겨야 한다고 말하지?'라는 생각에 망설이다 대답하려고 하면 "너는 맏딸이니까, 장녀니까.", "이제 엄마가 없으니까 네가 그 자리를 채워야지."라는 말로 대답을 막아버렸다.

그런데 사람들은 참 이상하다. 그렇게 "너는 맏딸이니까, 장녀니까. 가족들을 잘 챙겨야 돼." 하는 식의 말을 뱉어놓고 "소라는 속상하지도 않은가 봐, 울지도 않네? 엄마

병간호로 힘들었어서 그런가?"라는 아이러니한 말을 한다.

　나는 씩씩해 보여야 하는 걸까?
　아니면 밥도 제대로 먹지 못할 만큼 힘들어하고 울다 지쳐 쓰러져야 하는 걸까?

　사람들의 앞뒤 맞지 않는 말을 듣고 있자니 장례식장에서 울다 쓰러져서 응급실에 가야 '아… 소라가 엄마를 잃더니 속상한지 이성을 잃었구나'라고 생각하려나 싶었다. 하지만 내가 울면 우리 가족이 모두 무너질 것 같았다. 그리고 무엇보다 엄마의 마지막을 징징 울면서 보내고 싶지 않았다. 씩씩하고 멋지게 마무리하고 싶었다. 엄마의 죽음과 부재로 할 일이 많은 맏딸은 눈물을 뒤로 미룰 수밖에 없었고 그렇게 나는 장례 동안 남들 앞에서, 심지어 가족들 앞에서도 울지 않았다. 그렇다고 내가 괜찮은 건 아니었다.

　시간이 흘러 해가 바뀌었을 때의 일이다. "소라야, 너 작년에 엄마 장례식장에 누구누구 오셨었는데 쳐다보지도 않았다며? 이번에 네 결혼식 때 오시거든 꼭 정중하게 인사드려라."라는 전화를 받은 적이 있다. 말문이 잠시 막혔

다가 폭발했다.

"나는 엄마를 잃고 슬플 시간도 없이 장례부터 49재까지 치렀어. 어른이면 제발 이해해줄 수 없어? 인사를 안 해? 내가? 왜? 왜일까? 그동안 엄마 아플 때 한 번도 찾아오지 않은 분에게 내가 정중하게 인사를 해야 할 이유는 뭐야? 가족이라서? 정신없는 상황이라 인사 한 번 못하더라도 가족이니까 너그럽게 이해해줄 순 없는 거고?"

누구보다 현재 상황을 잘 알고 있는 가족과 친척들이 자신들이 진짜 하고 싶은 나를 타박하는 말을 "걱정돼서 그래."라는 말에 포장해 던질 땐, 다른 지인들의 말보다 몇 배는 더 깊은 상처가 되었다. 절망적인 상황에서까지 겉모습만 보고 평가했던 그들의 말은 나를 더 서글프게 했고, 그렇게 그동안 마음에 꾹꾹 삼켜왔던 말들이 터져 나오는 것을 막을 수 없었다. 그때의 나는 가족이라는, 어른이라는 이유로 내 행동을 평가하는 이들의 날카로운 말이 아닌 내 슬픔을 제대로 바라봐주고, 진정으로 마음을 보듬어주는 어른의 위로가 필요했다.

말뿐만 아니라 "저는 신경 쓰지 마세요." 하면서 아픈 환자가 있는 집이나 별장에 병문안 와서는 밥도 먹고, 술도 마시고, 자고 가기까지 하는 이들의 행동도 상처가 되었다(아니, 화가 났다고 해야 하나?). 아프고, 불편해도 병문안 와준 이들을 말 그대로 '신경 쓰지 않을 수 있는' 환자와 보호자는 없는데…. 사실, 반찬을 주고받거나 따뜻한 말 한마디 오고 갔던 지난날을 생각하면 집과 별장을 방문하는 것에 대해서 딱 잘라 오지 말라고 이야기하긴 어렵다. 또 환자 컨디션에 따라 어떤 날은 누군가의 방문이 반가울 때도, 보고 싶을 때도 있다. 하지만 대체로 배려 없는 방문은 환자에게도 보호자에게도 불편함과 상처를 남기는 경우가 많다.

진짜 걱정돼서 병문안을 오는 엄마 친구들을 보면 반찬 또는 건강식품 등을 그냥 문 앞에 놓고 간다거나, 식사를 하고 가는 경우에는 설거지까지 하고 가셨다. 환자를 위한 병문안이 무엇인지는 모르겠지만, 개인적으로 딱 이 정도의 걱정 섞인 병문안이 도움이 됐다.

생각보다 우리는 가족이거나 가까운 사이라는 명목으로 쉽게 말하거나 행동할 때가 있다. '위로'와 '걱정'이라고 말하지만, 오히려 그 말과 행동은 되려 상대에게 상처가 되거나 우울을 더 깊게 할 수 있다. 물론 위로와 걱정을 보내는 그 진심을 의심하라는 것도, 환자나 보호자에게 절절매라는 의미도 아니다. 하지만 그 진심이 온전히 전해지기 위해서는 어느 정도의 고민과 노력은 필요하지 않을까? 말을 하기 전에 다시 한번 생각해보고, 찾아가기 전에 전화나 문자로 환자의 컨디션을 물어보는 등의 작은 '배려'는 발휘해주길. 어쨌거나 위로를 전하려는 대상은 내가 '배려'하고 싶은 대상일 테고, 그 배려를 전제로 한 위로라면 결국 상대에게 진심이 가닿을 것이다.

그리고 끝으로, 말로든 행동으로든 타인이 준 불편함과 상처를 받은 이들도 그 마음을 너무 오래 끌어안고 있지 않기를 바란다.

남들

앞에서

울지

않는다고

내

마 음 이

괜 찮 은　건

아 니 야 .

그때 다른 선택을 했더라면,
결과가 달라졌을까?

그날을 기억하며 수없이 자신에게 방아쇠를 당기고 있을 너에게

엄마가 아픈 뒤로 나는 수많은 결정을 해야 했다. 당시 내가 결정했던 문제들은 단순히 기침을 멎게 하는 약을 먹고 말고 하는 정도의 문제가 아니라 내 소중한 엄마의 생명이 달린 문제였다. 그렇기 때문에 하나하나 결정할 때마다 힘겨웠다. 그런데도 매번 후회가 뒤따랐다.

'엄마가 아픈 게 혹시 나 때문일까?'를 시작으로 '항암치료를 하지 않았다면 결과가 달라졌을까?' 등등 내가 했던 선택과 결정을 놓고 스스로 끊임없이 묻고 대답했다. 그렇게 자책하고 후회하는 시간이 길어질 때면 신랑은 "항암치료를 안 하면 안 한대로, 하면 한 대로 후회했을 거야. 그날의 너의 선택이 최선이었을 거야."라며 나를 다독여주었

다. 이 말은 지금까지도 나에게 굉장한 위로가 되고 있다.

당신 역시 그날의 선택이 최선이었을 거다.

어떤 선택이 옳은지, 그른지 여전히 그 답을 알진 못하지만 지금 당신에게 해줄 수 있는 답은 단 하나다. 자책은 잠시 내려놓고 일상으로 돌아와 지금 당신 곁에 있는 돌봐야 할 그 사람에게 한 번 더 따듯한 시선을 두라는 것이다. 생각을 바꾸고 나니 후회하는 시간이 너무너무 아까웠고 후회하면서 우는 시간이 아까웠다. 그래서 나는 그 시간에 엄마와 더 예쁘고 좋은 추억을 쌓는 것에 집중할 수 있었다.

PART. 2

엄마에게 기적이 일어나길

다시 시작된 병원생활

암이 재발한 것 같습니다.
큰 병원으로 가보세요

5년 완치 채우지 못하고 재발된 암, 우리는 당연히 완치될 것이라고 믿었다

보통 암치료 후 5년이 지나면 완치 판정을 받는다. 완치 판정을 앞둔 4년 차인 2018년 7월, 엄마의 암은 재발되었다. 그날은 수술한 병원에서 정기검진이 있던 날이었다.

"암이 재발한 것 같습니다. 큰 병원으로 가보세요."

하늘이 무너지는 것 같았다. 그동안 우리는 병이 재발하지 않도록 치료도 열심히 하고, 병원에서 알려준 생활 습관을 철저히 지키며 지냈다. 엄마도 매우 건강해 보였다. 그래서 우리는 엄마가 당연히 완치됐다고 믿고 일상생활을 했다. TV나 라디오, 인터넷에서는 항상 희망 가득한 암

환자의 완치 이야기가 나왔다. 하지만 그건 우리 가족에게는 해당되지 않는 '기적 같은 이야기'였다.

새로운 희망을 찾아, 우리는 다니던 병원에서 신촌에 위치한 대학병원으로 전원을 했다. 그곳에서 3주에 한 번, 혹은 엄마 컨디션에 따라 2주에 한 번 항암치료를 받았다. 엄마가 많이 힘들어할 때는 한 달을 쉰 적도 있었다. 그때 사용한 항암제는 'A-폴폭스(A-FOLFOX)'* 치료제였다.

어느 날, 의사 선생님께서 수술을 한번 해보자고 제안하셨다. 수술! 암 환자와 보호자라면 아마 모두 알 것이다. 수술이 가능하다는 의료진의 말이 얼마나 반가운 일인지. 그동안 엄마의 몸은 수술이 불가능할 정도로 심각한 상태여서 항암치료밖에 할 수 없었는데, 이제 수술이 가능할 정도로 암 크기가 작아졌다니, 희망이 보였다.

"일단 수술을 시도해봅시다. 하지만 암의 위치가 대동맥 주변이다 보니 수술이 매우 어렵고, 시간도 오래 걸릴

* 대장암 치료용으로 사용되는 약물이다. 병기가 진행되고 전이된 대장암의 치료에 사용할 수 있는 류코보린 칼슘(칼슘 폴린산), 5-플루오로라실 및 옥살리플라틴을 포함한 몇 가지 화학요법 투약법이다. 약물의 투여량과 투약 스케줄에 따라 투약법은 다양하며, 폴폭스4, 폴폭스6(mFOLFOX6), 폴폭스7 등이 있다.

겁니다. 최악의 경우 아예 수술을 못 하게 될 수도 있습니다. 암 덩어리들을 100퍼센트 제거하는 수술이 아닌 일부만 제거하는 수술은 큰 의미가 없기 때문입니다."

시도는 해보지만 큰 기대는 하지 말라는 것처럼 들렸다. 나는 의사 선생님이 하신 말씀을 엄마에게 전달했다. 엄마는 이해가 잘 안 되는 듯 보였다. 실은 나도 그랬다. '아니, 암 덩어리를 10퍼센트든, 20퍼센트든 어느 정도라도 제거하면 좋은 것 아닌가? 조금이라도 걷어내면 도움이 되는 거 아닌가?' 하는 생각이 들었다.

수술 날이 되었다. 너무 기대하지는 말자고 스스로 마음을 진정시키며 엄마에게 말했다.

"수술 잘 받고 와."

"응. 잘하고 올게."

엄마를 수술실로 보내고 아빠와 함께 병실에 올라와서 수술이 끝나기를 기다렸다.

수술이 시작된 지 한 시간 만에 집도의 선생님의 전화를 받았다. 드릴 말씀이 있으니 접견실로 오라는 전화였다. 나는 그때 직감했다.

'아, 수술이 불가한 상태구나'

엘리베이터를 타고 내려가면서 아빠에게 말했다.

"실패한 것 같아…."

우리는 마음을 비우고 접견실로 갔다.

"이전에도 말씀드렸듯이, 미세 암들이 너무 많이 퍼져서 수술을 할 수가 없습니다. 100퍼센트 암을 제거하는 것이 아니라면 수술은 의미가 없습니다. 수술 결과가 긍정적이지 못해 죄송합니다."

수술을 못 한다는 속상함도 잠시, 우리는 엄마에게 이 사실을 어떻게 말해야 할지 머릿속이 복잡해졌다. 잠시 후 엄마가 입원실로 돌아왔다. 의식을 차린 엄마의 첫마디는 "나 살았어?"였다. 엄마의 표정은 한껏 기대에 차 있었다. 가족들은 고생했다고 엄마를 다독여주었다. 수술이 잘됐냐고 묻는 엄마에게 나는 가족들 대표로 말을 꺼냈다.

"엄마, 저번에 내가 설명했듯이 미세 암들이 많아서 수술은 못 했어. 항암치료를 더 열심히 해봐야 할 것 같아."

"지금 몇 시야?"

"엄마가 수술실에 들어간 지 한 시간밖에 안 지났어."

실망한 엄마의 얼굴을 보자 마음이 아려왔다.

"엄마, 괜찮아! 수술 못 하면 항암 하면 되지. 요즘 약이 얼마나 좋아졌는데, 걱정하지 마."

　애써 밝은 척하며 말했다. 하지만 우리 가족은 그날 모두 속으로 울었다. 엄마가 우리보다 더 슬플 것을 알기에. 신이 있다면 왜 착하고 예쁜 우리 엄마에게 기적을 주지 않으실까? 원망스러운 날이었다.

새롭게 발견되는 엄마의 이상 증상

❊ ❊ ❊

① 장루 주위의 상처들이 아물지 않고 점점 커졌다. 이외에
도 몸에 상처가 나면 낫는 속도가 더뎠다. 혼자서 장루를
케어하는 게 점점 힘들어졌다.

② 몇 걸음 걷지 못하고 숨이 차거나 다리에 힘이 풀려서 주
저앉기 일쑤였다.

③ 잔뇨감이 있고 소변이 예전만큼 잘 나오지 않는 느낌이
든다고 했다.

④ 복통이 생기는 주기가 잦고 한번 복통이 시작되면 오래
지속됐다.

⑤ 입맛이 없고 음식물을 섭취하는 것을 어렵다 못해 두려
워했다.

⑥ 부정적인 꿈을 자주 꾸고 일상생활을 귀찮아했다.

머리가 없어도
여전히 예쁜 우리 엄마

또다시 항암

수술이 실패한 뒤에도 엄마는 암 환자답지 않게 밝고 씩씩하게 항암치료 과정을 버텨냈다. 우리 가족조차도 엄마가 암 환자인 걸 잊었을 정도로 말이다. 하지만 1년이 넘게 항암치료를 했음에도 불구하고 눈에 띄는 차도는 보이지 않았다.

2020년 2월, 우리는 항암제를 'A-폴피리(A-FOLFIRI)'*로 교체했다. 그리고 얼마 후, 교체한 항암제에서 그동안 없었

---

* 대장(결장+직장)암 치료용으로 사용되는 약물이다. 병기가 진행되었거나 전이된 대장암 치료에 사용된 류코보린(칼슘 폴리네이트)과 5-플루오로우라실, 이리노테칸으로 구성된 화학요법 투약법이다.

던 후유증이 몇 가지 나타났다. 가장 눈에 띄는 부작용은 탈모였다. 그동안은 빠지지 않던 머리카락이 빠지기 시작한 것이다. 머리를 한번 빗으면 머리카락이 우수수 빠졌다.

탈모가 심해지자 엄마는 가발을 사고 싶어 했다. 하지만 여동생과 나는 두건 일곱 장을 샀다. 인위적인 가발보다는 예쁜 두건이 엄마한테 더 어울릴 것 같았다. 이제 머리빨을 내세울 순 없어도, 두건빨로 누구보다 돋보일 수 있도록 엄마를 꾸며주고 싶었다. 다양한 두건을 선보이다 보면 엄마가 덜 우울해 할 것 같았다.

그리고 나는 엄마의 머리카락을 깔끔하게 손질해주고 싶어 단골 미용실에 예약을 했다. "엄마가 항암치료 중이라 머리가 많이 빠져있는 상태니까 놀라지 말아 주세요. 그리고 손님 없는 밤 시간에 구석진 자리에서 머리를 자를 수 있게 해주세요." 하고 미리 부탁드렸다.

엄마는 가기 싫다고 했지만 그냥 예약을 했다. 얼마 남지 않은 머리카락이지만, 머리카락이 남아있다는 것만으로도 엄마에게는 큰 위안이었던 것이다.

예약한 시간이 다가왔는데도 엄마는 움직일 생각이 없었다.

"현숙아, 내가 같이 가줄게. 가자."

급기야 아빠가 나서서 엄마를 설득했다. 엄마는 아빠가 같이 가준다는 말에 못 이기는 척 따라나섰다. 늦은 시간이었지만 미용실에는 아직 손님이 두세 명 있었다. 감사하게도 미용실 사장님께서는 제일 구석진 자리에 칸막이를 세워 다른 사람들이 엄마를 볼 수 없게 엄마 전용 좌석을 준비해주셨다.

그런데 갑자기 엄마 옆자리에 아빠가 앉으며 말했다.

"나도 당신이랑 같이 머리 자를게."

그렇게 엄마 옆에서 아빠도 짧게 머리를 잘랐다. 나는 그날, 엄마를 향한 아빠의 사랑 표현법을 알게 되었다.

"와~ 두상이 예쁘니까 민머리도 예쁘다. 자르니까 훨씬 멋지다. 당신이 최고로 예쁘네!"

아빠의 칭찬에 엄마 얼굴이 발그레해졌다. 곧이어 수줍은 미소가 번졌다.

'그래, 엄마도 아빠에게 예쁜 여자이고 싶겠지?'

20대에 멋모르고 결혼한 어린 부부는 이제 30년을 함께 살며 서로 많이 닮아있었다. '무뚝뚝하기만 한 줄 알았던 아빠가 이런 오글거리는 말도 하게 되다니, 마음씨 곱고 표현 잘하는 엄마랑 사니까 아빠도 변하는구나' 싶었다.

엄마의 후유증은 탈모뿐만이 아니었다. 엄마는 입맛도 변했다. 예전에는 잘 먹던 음식도 맛이 없다고 안 먹었다. '고기도 싫다, 밥 냄새도 싫다, 음식 씹는 게 고무 씹는 것 같다'며 식사를 자주 거르고 식욕도 점점 잃었다. 힘든 항암치료를 견디려면 체력이 받쳐줘야 하는데 걱정이었다.

하루는 호텔 식당을 예약해서 엄마를 데리고 갔다. 고급스러운 식당에서 눈이 즐거울 정도로 화려한 음식을 보면 엄마의 입맛이 돌아오지 않을까 싶어서였다.

"큰딸이 사줬으니까 한번 먹어봐야지."

맛보다는 딸의 성의가 고마워서 억지로 먹는 걸 알았지만, 그렇게라도 한 입 먹었으면 좋겠는 마음에 나는 자꾸만 고급 식당에 엄마를 데려갔다.

엄마가 입맛이 없어진 뒤로, 우리 가족들은 빈손으로 귀가한 적이 없었다. 외출했다 들어오거나 퇴근하고 들어올 때면 손에 늘 먹을 걸 사 들고 왔다. 엄마가 뭐든 조금이라도 먹었으면 해서 빵, 과자, 과일 같은 간식거리라도 마다치 않고 사 왔다. 어쩌다 운이 좋으면 입맛에 맞는 걸 발견하고 조금 먹기도 했다. 그럴 때면 우리는 모두 하던 일을 멈추고 엄마 앞에 앉아 함박웃음을 지으며 그 모습을 구경했다. 밤 10시가 넘었더라도 치킨이든 피자든 떡볶이

든 엄마가 먹고 싶다고 하면 바로 배달을 시켰다. 야식 배달을 싫어하는 아빠도 엄마에겐 예외였다. 아빠는 엄마가 먹고 싶은 음식이 있다고 하면 지구 끝까지 가서라도 구해 올 기세였다. 갈치가 먹고 싶다고 하면 낚시를 해서 갈치를 잡아왔고, 갑오징어가 먹고 싶다고 하면 갑오징어를 잡아왔다. 하루는 엄마가 복숭아가 먹고 싶다고 했는데, 제철이 아니라서 구할 수 없어 잔뜩 아쉬운 얼굴로 복숭아 통조림을 사온 적도 있었다.

항암치료가 없을 때 엄마는 일상생활을 하며 활기차게 보냈다. 부쩍 자연을 좋아하게 된 엄마는 여행 커뮤니티 카페에 가입해서 마음 맞는 동호회 회원분들과 등산이나 여행을 다녔다. 심지어 항암치료를 받으면서 지리산 종주도 했다.

그사이 아빠와 엄마는 귀농을 준비하면서 구례에 가족 별장을 지었다. 별장에서는 지리산이 보였다. 엄마는 치료받는 날이 아니면 별장에서 지내며 동네분들과 왕래도 하고, 친구들을 불러 시간을 보내기도 했다. 항암치료를 해야 하는 날이 다가오면 다시 서울에 와야 했지만, 나머지 시간은 공기 좋은 별장에서 몸과 마음을 치유하고, 마음 맞는 분들과 일상을 나누었다. 엄마는 그렇게 씩씩하게 고통의 시간을 견뎠다.

　하지만 우리는 애써 밝게 지내는 엄마가 걱정이 됐다. 성치 못한 몸으로 구례까지 오가는 길도 걱정됐고, 몸이 더 축나진 않을까 신경도 쓰였다.

　지금 생각해보면, 한창 대학생활을 하고 있던 선철이와 유라, 사회생활을 하고 있던 나에게 짐이 되고 싶지 않아 자신의 몸을 돌봤던 것 같다.

감히 가늠할 수도 없을 정도로 깊은 엄마의 사랑을 떠올리면 감사하기도 하지만, 불현듯 엄마가 했던 말과 행동에 담긴 사랑이 깨달아질 땐, 장소 불문하고 왈칵 눈물이 쏟아지려는 걸 참기가 어렵다.

소라야, 너 드레스 고를 때
엄마가 따라갈 수 있을까?

엄마는 항암치료를 그만하고 여행을 다니고 싶어 했다. 도대체 뭐가 문제지…?

2021년 3월, 겨울이 가고 꽃이 피기 시작한 어느 봄날이었다. 나는 그동안 엄마 항암치료 날짜에 맞춰 한 달에 두 번씩 회사에 휴가를 내고 엄마와 병원에 다녔다. 대부분 내가 동행했고, 내가 시간이 안 되면 여동생이, 우리 둘 다 시간이 안 되면 남동생이 동행했다. 될 수 있으면 엄마 혼자 병원에 가지 않게 가족 모두가 힘을 합쳤다. 우리는 서로에게 든든하게 힘이 되어주었다. 다른 집에 비해 가족이 많아서 다행이라는 생각이 들었다. 이날은 비뇨기과 진료를 받는 날이었다. 언제부턴가 엄마는 소변이 잘 나오지 않았고, 이에 종양내과 선생님은 비뇨기과와의 협진을 권유하셨다.

비뇨기과 선생님께서는 우리에게 두 가지 시술을 권유하셨다. PCN 시술*과 요관 스텐트 시술**이었다.

장루까지 있는 상태에서 또 몸에 구멍을 내야 하는 PCN 시술은 엄마에겐 기절초풍할 일이었다. 엄마는 절대 할 수 없다고 했다. 선생님께서는 일단 요관 스텐트 시술을 시도해보자고 하셨다.

그리고 약 2주 뒤, 시술을 하기로 한 날이 되었다. 유라가 엄마를 데리고 병원에 먼저 갔고, 나는 회사에 반차를 내고 병원으로 갔다. 병원으로 가는 길에 꽃가게가 보였다. 노오란 프리지어 꽃이 눈에 들어왔다. 엄마가 평소 좋아하는 꽃 중 하나였다. 나는 성공 가능한 시술이라고 생각했었고 또 엄마의 기분을 상큼하게 해주기 위해 꽃 한 다발을 샀다. 부정적인 상황을 희석하고자 하는 마음에서 준비한 이벤트라고 해야 할까?

병원에 도착한 나는 엄마에게 꽃을 전해주며 "파이

---

* 인공적으로 관을 삽입하여 소변을 배출시키기 위한 시술로 피부를 통해 신장에 작은 구멍을 내서 관을 설치한다.

** 악성 종양으로부터의 전이, 외상 등으로 요관이 좁아지거나 막혔을 때, 또는 요로와 복강 및 창자 사이에 통로가 생겼을 때 소변이 내려가는 길을 확보하고 신장부터 방광까지 이어지는 요로의 압력을 낮추기 시행하는 시술이다.

팅!"을 외쳤다. 잠시 후 엄마는 시술실로 들어갔다.

'제발, 신이 있다면 제발…'

우리는 조마조마한 마음으로 시술이 끝나기만을 기다렸다. 잠시 후 선생님께서 나오셨다. 실패했다고 하셨다. 요도 쪽이 많이 부어서 스텐트 삽입이 불가능했고, 부분 마취를 했음에도 엄마의 고통이 심해서 수술을 할 수 없었다고 했다. PCN 시술은 급하게 할 필요가 없기에 일단 보류하자고 하셨다. 결국 엄마는 소변이 잘 나오게 하는 약만 처방받았다.

엄마는 언제부턴가 걷는 것마저 힘들어해서 병원에서도 휠체어를 타고 다녔다. 항암치료를 위해 비뇨기과에서 다시 종양내과로 휠체어를 타고 이동하는 중이었다. 그날은 야속하게도 참 아름다운 봄날이었다. 병원 밖에는 햇볕이 따뜻하게 내리쬐고 있었고 분홍색 벚꽃 잎들이 휘날렸다. 꼭 동화 속의 한 장면 같았다.

"엄마가 너 드레스 고를 때 따라갈 수 있을까?"

"당연하지! 엄마가 걸을 힘이 없으면 내가 휠체어를

사서라도 같이 갈 거야. 걱정 마."

당시 나는 결혼 준비를 하고 있었다. 드레스 고를 때 당연히 엄마랑 같이 간다고 큰소리쳤지만, 마음속에서는 두려움이 조금씩 생겼다. 엄마 없이 결혼식을 하는 모습은 한 번도 생각해본 적이 없었다. 복잡 미묘한 생각이 드는 게 싫어서 나는 휠체어를 갑자기 빠르게 밀었다. 옆에 있던 유라의 표정도 걱정스러워 보였다. 나는 목소리 톤을 올려서 신난 척하며 휠체어를 더 빠르게 밀었다.

"엄마~ 놀이기구 타는 느낌 나지? 재미있지?"

나는 엄마를 웃게 해주려고 속없는 사람처럼 억지로 깔깔거리며 웃었다. 그렇게 아무렇지 않은 것처럼, 아무 일도 없어야 한다고 생각하며 꾸역꾸역 그 시간을 보냈다.

엄마는 점점 더 살이 빠졌고, 그동안에는 보이지 않던 다른 증상들도 나타나기 시작했다. 피곤함이 늘고, 걷는 것은 물론이고 서 있는 것도 힘겨워했다.

"소라야 나 항암치료 그만하면 안 될까?"

엄마는 항암치료를 그만하고 남은 시간은 여행을 다니며 지내고 싶다고 했다. 엄마가 포기하려는 것 같아서 싫었다. 나는 엄마의 기분을 풀어주기 위해 암 환자들을 위한 온콜로지에스테틱(Oncology aesthetic)[*] 관리권을 선물했다.

그때부터 엄마는 림프 마사지를 받으러 다녔다. 관리실까지의 거리는 집에서 한 블록 정도의 짧은 거리였는데 엄마는 그 한 블록도 걷기 힘들어했다. 나중에는 중간중간 쉬면서 다녀야 했고, 어느 날엔가는 세 번에 걸쳐서 온 적도 있는데, 그날은 남동생이 주저앉아 있는 엄마를 우연히 발견하고 데리고 왔다고 했다. 그 말을 듣는데 마음이 너무 아팠다. 이후 욕실에서 씻다가 주저앉아 있는 엄마를 내가 발견하기도 했다. 엄살 부릴 줄 몰라서 항상 괜찮은 줄 알았던 엄마가 약해진 모습을 우리에게 들키는 날이 오다니. 심장이 쿵-하고 내려앉는 것 같았다.

사실 짜증도 났다. 병원에서 하지 말라는 것들 다 지키고, 꾸준히 항암치료 하면서 컨디션도 꼬박꼬박 체크하는데 도대체 왜 나아지지 않는지 성질이 났다. 도대체 뭐가 문제지? 왜?

엄마는 몸 상태가 심하게 안 좋아졌음에도 불구하고 우리에게 신경질이나 짜증 한 번을 내지 않았다. 설거지나

---

* 암 환자들을 위한 안전한 피부 관리실이다.

빨래 같은 집안일도 계속했다. 아빠가 "몸 힘든데 아이들 시켜요."라고 하면, "어차피 애들 시집가면 다 해야 하는데, 벌써부터 시키고 싶지 않아요."라며 "내가 할 수 있을 때까지는 내가 할 거예요."라고 얘기했다.

엄마는 그렇게 모든 고통을 스스로 감내하고, 최대한 자기 선에서 해결했다. 지금 생각해보니 혼자 등산과 여행을 다닌 것이 당신의 마음을 삭이려는 이유에서였지 싶다. 아마 엄마도 자신의 남은 날이 이렇게 짧을 줄 알았다면 우리와 더 많이 여행 다니고 먹고 웃으며 보내려 했을 것이다.

조금 더 우리에게 기대도 됐는데, 우리를 더 배려하고 혼자 감당하려고 했던 엄마가, 밝고 씩씩한 모습만 보여주려고 애썼던 엄마가 가엽다는 생각이 든다.

나에게 엄마는 여전히 봄 같은 사람으로 기억된다. 생각하면 따뜻하고, 꽃처럼 아름답고, 기분 좋은. 그리고 한편으론 애틋한 봄 같은 사람으로.

따듯하고,

꽃처럼

아름답고,

기분 좋은

애 틋 한

봄 같 은

사 람 으 로 .

"이때 멈췄더라면…" 치료가 아니라 엄마를 포기하는 것 같았다

마지막 항암제, 여명이 2개월 남다

요관 스텐트 시술이 실패한 날, 그날은 항암치료도 못하고 돌아왔다. 이것도 우리에겐 충분히 견디기 버거운 일이었는데, 다음 항암치료에서 청천벽력 같은 말이 날아왔다. 하필 내가 아닌 유라가 엄마와 병원에 간 날이었다. 나는 오전 근무를 마치고 병원으로 출발했다. 거의 도착할 때쯤 논의 드릴 내용이 있다며 혼자 오라는 주치의 선생님의 전화에 순간 온갖 불안한 생각이 머릿속을 스쳤다. 일단 유라에게 적당히 둘러대고 혼자 주치의 선생님을 만나러 갔다. 무슨 일인지 걱정이 됐다.

"여명이 1년밖에 남지 않았습니다."

선생님께서는 항암제를 교체해보자고 하셨다. '얼비툭스(Erbitux)*'라는 항암제였다. 만약 이번에 항암제를 교체한다면, 이것이 마지막 항암제가 될 수도 있다고 하셨다.

항암제가 엄마에게 잘 맞는다면 1년 정도 항암치료를 더 할 수 있지만, 만약 효과가 없으면 더 이상 쓸 수 있는 항암제가 없으며, 그렇게 된다면 엄마에게 남은 시간은 약 1년 정도라고 하셨다. 또한 이번 항암제부터는 보험 적용이 되지 않는 비급여 항암제라고 하셨다. 한 번 투여할 때마다 백만 원 단위로 비용이 나온다고 했다. 엄마의 여명을 늘릴 수 있다면, 엄마가 나을 수만 있다면 우리에게 금액은 상관이 없었다. 지푸라기라도 잡고 싶은 심정이었다. 엄마한테는 최대한 대수롭지 않아 보이게 상황을 설명했다.

"이제 그만하고 싶어. 소라야."

엄마의 진심이 느껴졌다. 엄마는 많이 지쳐 보였다. 살이 다 빠져서 수척해진 엄마를 보고 있자니 내 마음도 약해

---

* 단일클론 항체로 새로운 형태의 '표적' 항암제다. 단독으로 또는 다른 항암제와 함께 몸의 다른 부위로 전이된 RAS 유전자 변이가 확인되지 않은 직장결장암의 치료에 사용된다. 일부 환자에게서 탈모, 여드름 모양 발진, 피로감, 구토 등의 부작용이 나타나기도 한다.

졌다. 하지만 여명이 1년 남았다는 말을 들은 직후라, 항암 치료를 그만둘 수는 없었다. 엄마는 치료제 비용을 알고 나서 망설이는 모습을 보였는데, 그런 엄마 모습이 어찌나 속상하고 싫은지 오히려 나는 엄마 얼굴을 쳐다보지도 않고, "안 돼. 포기하지 마."라고 단호하게 말했다. 어떻게든 엄마를 설득해서 항암치료를 계속 이어가고 싶었다.

나는 그때부터 필사적으로 얼비툭스 항암제에 대해 알아보았다. 여러 의학 자료와 성공 사례들을 검색했다. 영어로 된 논문도 찾아보았다.

"엄마, 이거 한번 봐. 내가 찾아봤는데, 이렇게 좋아진 사람들도 많대. 효과가 좋은 항암제래. 그리고 비용도 절감할 수 있는 방법이 있을 것 같아. 그러니까 우리도 한번 해보자. 응?"

우리는 무조건 치료를 해야 한다고 밀어붙였다. 치료를 할지 말지 고민할 시간 같은 건 없었다. 당연히, 무조건 해야 한다고 생각했다. 그때는 그랬다.

나중에 엄마가 돌아가신 뒤 나에게 가장 후회되는 일을 꼽으라면, 엄마가 원할 때 항암치료를 멈출 용기를 내지 못한 것이다. '그때 멈췄더라면 조금 더 사실 수 있지 않았을까? 환자인 엄마의 의견이 제일 중요한 건데, 엄마의 의견을 존중하고 원하는 대로 해줬어야 했는데. 그랬으면 엄마가 조금 더 우리 곁에 머물다 가셨을 텐데' 나는 이 생각을 지금까지도 하고 있다.

교체한 항암제로 네 번째 항암치료를 시작하는 날. 회사에 반차를 내고 병원으로 출발하기 직전이었다. 엄마를 데리고 먼저 병원에 가 있던 유라가 주치의 선생님의 진료 내용 녹음 파일을 보내주었다. 출발하려고 하다가 화장실에 가서 이어폰을 끼고 녹음 파일을 들었다.

"여명이 2개월 남았습니다."

길고 긴 진료 내용 중에 의사 선생님의 그 말이 가장 또렷하게 들렸다. '여명이 2개월 남았다고?' 갑자기 말도 안 되는 말에 눈물이 쏟아졌다. '아니, 얼마 전까지만 해도 1년의 시간이 있다고 했는데 무슨 말이지? 치료를 받으면 1년보다 더 살 수 있을 거라는 희망을 갖고 항암치료를 받고 있었는데, 2개월이라니!'

믿을 수 없었고, 믿고 싶지도 않았다. 휴대전화를 쥐고 있던 손이 덜덜 떨렸다. 감정이 주체가 되지 않았다. 엄마의 생명이 줄어들고 있다는데, 아무것도 할 수 없는, 아무 능력도 없는 내가 너무 미웠다. 이렇게 엄마를 보낼 수 없었다.

회사 사람들이 다 나와서 나를 걱정할 정도로 대성통곡하며 울었다. 울다가 문득 이렇게 울고 있을 때가 아니라는 것을 나는 깨달았다. 눈물을 닦으며 마음을 진정시킨 후 나는 아빠와 남동생, 남자 친구에게 전화해서 엄마의 상황에 대해 알렸다.

모두 말을 잇지 못했다. 그 침묵을 깨고, 나는 우리가 더 강해져야 한다고 말했다. 마음을 굳게 먹고, 엄마를 사랑하는 사람들이 더욱 똘똘 뭉쳐야 할 시간이 온 것이다.

엄마는 비 오는 날 꽃놀이 여행을 떠났다

가끔

미치도록

힘든 순간에

이성을 찾으려고

미 친

사 람 처 럼

애 쓰 는   내 가

무 섭 곤   하 다 .

PART. 3

엄마에게 한없이 비가 내렸다

여 명 2 개 월

그 리 고 이 별

끝이 보이지 않는 터널에
갇힌 것 같은 기분, 기적을 바라다

장폐색, 응급실 그리고 L-tube 삽입

여명 2개월 선고를 받은 날, 그날은 항암치료실이 아닌 응급실로 이동했다. 항암치료제를 바꾼 뒤 엄마가 심한 복통에 시달렸다. 이전 항암치료 중에도 복통은 종종 있었지만 조금 참고 기다리면 괜찮아졌다. 하지만 하루, 이틀이 지나도 통증은 줄어들지 않았고, 병원에서 준 진통제도 소용이 없었다. 그때마다 응급실에 가자고 했지만 엄마는 "항암치료가 있는 날 의사 선생님께 물어보겠다."라고만 했다.

우리는 그 복통이 이 결말의 시작인 줄 몰랐다.

주치의 선생님의 권유대로 응급실을 통해 L-tube* 삽관 후 입원실로 이동 예정이었다.

방금 여명이 2개월 남았다는 말을 듣고 정신이 없는 상태였는데 이번에는 엄마가 치료실이 아닌 응급실로 간다니, 이게 무슨 일인가 싶었다.

'후우, 이럴 때일수록 침착하게. 뭐부터 챙겨야 하지?'

나는 심호흡을 하며 복잡한 마음을 가다듬었다. 그리고 집으로 가서 담요와 장루 용품, 물 등 당장 필요한 물품을 챙겨 응급실로 갔다. 아침부터 놀라고 힘들었을 유라를 위해서도, 정확하게 상황 판단을 하기 위해서도 내가 보호자로 있는 것이 나았다. 응급실 방문도 이번이 처음이 아니었기 때문에, 대기 시간이 긴 것도 잘 알고 있었다. 응급실 대기는 환자에게도 지치는 시간이지만 보호자를 위한 공간도 넉넉하지 않기 때문에 보호자의 체력도 중요하다. 우리는 반나절을 대기했고, 드디어 엄마 이름이 불렸다.

L-tube 삽관을 위한 준비 과정에 뭔가 서툴러 보이는 젊은 의사가 다가왔다. 손을 덜덜덜 떠는 의료진에게 오히

---

* Naso(코)-Gastric(위) tube로 코를 통해 위까지 연결하는 튜브다. 장폐색의 표준치료. 위감압, 경장영양 공급 등의 이유로 사용된다.

려 우리가 힘내라고 응원을 해주었다. 삽관을 한 번에 끝내고 싶었기 때문이다. L-tube 삽입은 앉은 자세에서 진행되는데, 의료진과 환자의 호흡이 중요하다. 의료진은 삽입에 앞서 숨을 들이쉬고 내쉬는 방법, 관을 삼키는 방법 등 이런저런 설명을 해주었다. L-tube 삽입이 원활하게 되길 바라며, 나는 엄마 손을 꽉 잡고 옆에서 "꿀꺽, 꿀꺽." 의료진이 알려준 대로 같이 따라 하며 용기를 주었다. 삽관 과정은 정말 끔찍했다. 충격적이었다. 유라가 아니라 내가 봐서 다행이었다. 삽입된 L-tube는 곰코 석션기(Gomco suction)**라는 기계에 연결되었고, 일정 속도에 맞춰 장의 압력을 낮추는 감압치료가 진행되었다.

L-tube는 보통 식사가 불가능한 환자들에게 영양을 공급해주기 위해 삽입하는 경우가 많다. 하지만 엄마의 경우는 달랐다. 검사 결과, 엄마의 복통 원인은 '장폐색'이었다. 그동안 엄마가 먹지도, 걷지도 못할 정도로 아픈 것이 장폐색 때문이었던 것이다. 얼마나 아팠을까? 몸이 아프다는 신호를 계속 보내왔는데도 뒤늦게 치료를 한 거 같아 속상했다. 한편으로는 인내심 강한 엄마가 답답하기도 했다. 엄

** 장폐색, 위장관 수술 후 배액과 감압을 목적으로 사용된다.

마는 그저 구토나 어지럼증처럼 항암제 부작용 정도로만 생각하고 마냥 참은 것이다.

얼마나 시간이 지났을까. 그렇게 또 하루가 시작되었다. 누군가에겐 짧기만 하룻밤이, 다른 누군가에겐 편안하고 안락했을 그 밤이, 우리에겐 그 어느 때보다 긴 날이었다.

우리는 아침이 되어서야 입원실로 이동할 수 있었다. 그렇게 엄마와의 입원생활이 시작되었다. 이때부터는 금식 상태를 유지했다. 금식과 치료 덕에 다행히 복통 발생 주기가 점차 줄어들었고, 엄마도 조금 편안해 보였다.

대신 엄마의 몸에 부착된 장치들이 많아져서 화장실에 갈 때도 내가 동행해야 했다. 그리고 누워서 자는 것도 어려워졌다. 배가 당기고 숨이 차서 눕지 못하고 앉아서 목을 가누지도 못한 채 꾸벅꾸벅 잠드는 모습이 안쓰러웠다. 엄마를 위해 좀 더 편하게 앉아있을 수 있는 '빈백 소파'*를 샀다. 딱딱한 침대 위에 조금이나마 푹신한 소파를 올려서

* 등을 기댈 수 있는 1인용 소파 베드다.

편안한 잠자리를 마련해주고 싶었다. 빈백 소파는 거의 사람 크기만큼이나 커서 등부터 목까지 기댈 수 있으며, 매우 푹신하다. 엄마는 빈백 소파를 처음 사용하고는 편해서 아주 좋다고 했다. 환하게 웃는 엄마 모습이 순수하고 맑아 보였다. 엄마의 웃음을 보니, 마치 엄마의 남은 날들이 하루씩 늘어나는 것 같았다. 나는 엄마가 더 많이 웃길 바라는 마음으로 엄마에게 필요한 것이 보이면 뭐든 사들이기 시작했다.

그즈음부터 엄마는 '통증 패치(마약성 진통제)'**도 붙이기 시작했다. 통증 패치는 파스처럼 생겼고, 환자의 체중과 통증에 따라 처방 용량이 각각 다르다. 그 원리는 중추신경계에서 통증의 전달을 억제함으로써 진통 효과를 나타내는 것이다. 엄마는 한 장으로 시작한 통증 패치를, 마지막에는 여섯 장까지 붙이며 통증을 견뎠다.

엄마의 컨디션은 보통 저녁에서 새벽 시간대에 가장 안 좋았다. 컨디션이 좋은 아침과 오후에는 걷기 운동을 함께했다. 우리는 운동도 하고, 치료도 잘 받으면서 빨리 퇴

** 파스처럼 피부에 붙이는 진통제로 피부를 통하여 서서히 지속적으로 약이 퍼지며, 2~3일마다 교체한다.

원하기를 꿈꿨고, 한 줄기의 희망이라도 끝까지 잡으려고
최선을 다했다.

우리는 엄마와 같은 세상에 살고 있지만
다른 세상을 살고 있었다.

나에게는 별것 아닌 그저 그런 꽃이
엄마에게는 생애 마지막 꽃일 수 있다.

나에게는 그냥 그런 매일 똑같은 하늘이
엄마에게는 찬란하고 따뜻한 하늘일 수 있다.

나에게는 손만 뻗으면 마실 수 있는 물 한 모금을
이제 엄마는 누군가의 도움 없이 마실 수 없고

나에게는 코앞인 거리가
엄마에게는 백 리도 더 되어 보이는 먼 길이 되었다.

엄마는 우리와 같은 시간을 보내고 있지만
다른 시간을 보내고 있었다.

더 이상 여명에 대해서는 생각하지 않기로 했다. 그 시간에 차라리 엄마를 살릴 방법을 찾겠다고 마음을 바꿔먹었다. 그러고 나니 여명 따위는 생각할 여유도, 시간도 없었다. 사실 그때까지도 엄마에게 남은 시간에 대해 차마 말하지 못했다.

우리는 엄마에게 기적이 찾아올 거라고 믿었다.
세상 그 누구보다 간절히 기적을 바랐다.

어떻게 엄마한테
직접 서류에 사인하라고 말을 해!!
사전연명의료의향서와 연명의료계획서

"사전연명의료의향서와 연명의료계획서를 작성해주세요."

응급실에서 입원실로 온 지 이틀 정도 지났을까. 병원에서는 우리에게 연명치료 여부를 물었다. 사전연명의료의향서의 경우, 환자가 의식이 있다면 직접 작성해야 한다고 했다. 나는 나중에 하겠다고 했다.

그리고 며칠 뒤, 또 한 번 강력하게 사전연명의료의향서와 연명의료계획서를 작성해달라고 했다. 보호자가 쓰지 않으면 환자에게 직접 묻는다고 했다.

"안 돼요. 우리 엄마한테는 제가 말할게요."

나는 시간을 조금만 더 달라고 했다.

'어떡하지? 엄마에게 여명이 몇 개월 안 남았다는 말도 아직 못 했는데…' 병원에서는 자꾸만 나에게 어려운 선택과 무거운 결정을 요구했다. 이런 상황에서 다른 환자와 보호자들은 어떤 결정을 하는지 잘 모르겠지만, 우리 가족은 큰딸인 나에게 모든 선택과 결정을 전적으로 맡기고, 믿어주었다.

그동안 엄마에게 하지 못한 이야기를 이제는 꺼내서 엄마와 정면승부를 해야 할 때가 왔다. 가족들은 내가 알리는 것이 엄마에게 가장 안정감을 줄 것이라고 했다. 용기를 냈다.

"엄마, 지금 엄마 상태가 급박하잖아. 그래서 병원에서 혹시 엄마 상태가 더 나빠지더라도 '연명의료는 하지 않겠다'라는 서류에 동의를 해야 한대."

"연명의료? 그게 뭔데?"

엄마와 나는 '연명의료'라는 단어를 사용하진 않았지만, '만약에~'라는 말을 붙이며 연명의료에 관한 이야기를 나눴었고, 언젠가는 그 선택의 시간이 올 것임을 예감하고 있었다. 그렇기에 엄마도 연명의료가 무엇인지 대강은 알았다. 나는 처음으로 '연명의료'라는 공식 명칭을 사용하여, 엄마에게 그 내용을 자세히 설명했다.

"사인하자. 네가 해. 나 손에 힘없어."

"본인이 직접 할 수 있으면 직접 해야 한대."

그날 엄마는 직접 연명의료 거부에 동의했다.

나는 엄마가 멋지다고 생각했다. 쉬운 결정이 아니었을 텐데 엄마의 결단력이 대담하고 대단하다고 생각했다.

나라면 그렇게 할 수 있을까?

담담하게 말하면서 죽음이 무섭지 않았을까?

나라면 엄마처럼 담담하게 이야기하고 행동했을 것같다. 딸 앞에서라면 더욱더. 그러곤 속으로는 무서워했을것 같다. 혹은 이미 받아드렸을지 모른다. 기력만 있다면지금까지 하고 싶었던 일들을 버킷리스트로 적어서 하나하나 해나갔을 것 같다. 이 세상에 미련이 없도록. 아마 엄마와 나는 생각이 비슷해서 행동도 비슷했을 것 같다.

한편으로는 우리 엄마 아직 더 살 수 있는데 당장이라도 돌아가실 사람처럼 대우하는 병원의 태도가 이해할 수 없기도 하고, 우리 마음을 몰라주는 것 같아 야속하기도 했다.

하지만 지금에 와서 당시 상황을 떠올려 보면, 그때가 가장 적절한 시기였다. '사전연명의료의향서'를 우리 사이에 놓고 냉정하게 마지막에 대해 생각해볼 수 있는 시간. 나에게 그 시간이 없었다면 엄마가 떠난 뒤 슬픔에서 빠져나오기까지의 시간이 지금보다 더 길었을 테고, 그랬다면 엄마가 남기고 간 수많은 아름다운 것들을 보고, 느끼는 시간도 더 늦어졌을 거다.

이런 일을 겪다 보니 가족 간병을 하고 있어서 다행이라는 생각이 들었다. 물론 전문 간병 시스템에 비하면 미흡한 점이 많은 것은 사실이다. 하지만 연명의료계획서같이 긴박하게 결정을 내려야 하는 순간에 가족이 옆에 있기 때문에 보호자에게 전달하는 과정도 줄일 수 있고, 환자에게 의료진의 말을 전할 때도 여과해서 전할 수 있다는 장점도 있었다.

또 하나, 이 일을 통해 깨달은 것이 있다. 누구나 언젠가 맞이해야 하는 것이 죽음이라면 자신의 연명치료는 스스로 결정하는 것이 온당하다는 것이다. 그것을 자신이 결정할 수 있다는 것 자체가 감사한 일이라고 생각한다.

　　엄마가 돌아가신 후 어느 날 문득, 내가 온종일 병원 침대에 누워있어야 하는 상황을 상상해본 적이 있다. 내 힘으로는 아무것도 할 수 없고, 모든 것을 남에게 의지해야 하고 링거를 맞으며 각종 의료 기기들 사이에서 숨만 쉬고 있는 상황이라면?

　　"연명의료 거부는 안 된다. 내가 지금 살리려고 얼마나 애를 쓰고 있는데, 그런 말 하지 마라."

　　누군가는 이렇게 말할 것 같다. 그래서 다시 한번 엄마에게 고마웠다. 남은 가족들이 연명의료 선택으로 인해 마음이 어렵거나 죄스럽지 않게 해준 것이 너무나 고마웠고 멋졌다. 내가 그 상황에 처한다고 해도 엄마처럼 편하게 하늘나라 갈 수 있게 해달라고 할 것 같다. 그래서 나는 사전연명의료의향서를 미리 작성하고 등록도 해두었다.

병원에서는 더 이상
해드릴 수 있는 것이 없습니다
이게 '엄마에게' 최선인 걸까

그렇게 또 한 이틀이 지난 것 같다. 서서히 통증에서 안정되어가는 엄마를 보며 안심하고 있었던 찰나에 병원으로부터 '더 이상 해줄 것이 없으니 다른 환자들을 위해 퇴원해달라'는 통보를 받았다.

"호스피스 또는 요양병원으로 옮기셔야 합니다. 알아봐 드리겠습니다."

"제가 생각을 해보고 다시 연락드리겠습니다. 언제까지 퇴원하면 될까요?"

"3일 안에 퇴원해주셔야 합니다."

미친.

오늘이 금요일이고 그러면 월요일에 퇴원하라는 건데, 지금 엄마 상태 뻔히 아는 사람이 어떻게 저런 말을 할 수 있나 싶어 순간 화가 치밀었다.

"월요일에요?"

"네, 그래서 빨리 결정하셔야 할 것 같아요."

병원에서는 세 군데 요양병원을 나열해주었다.

당시 나는 암 환자들을 위한 양·한방병원 홍보기획실에서 근무 중이었다. 이런 날을 대비해서 입사한 것이다. 나는 어떤 곳이 엄마를 위한 병원일까 곰곰이 생각해보았다. 일단 엄마는 가족 보호자가 24시간 상주할 수 있는 병원이어야 한다. 그리고 L-tube를 세척하거나 교체할 수 있는 의료진이 있어야 하고, 곰코 석션기가 있어야 했으며, 장루 상처 케어와 마약성 진통제(모르핀, 듀로제식 패치) 처방이 가능한 곳이어야 했다.

우선 내가 일하고 있는 한방병원에서는 불가다. 호스피스는 가고 싶어도 당장 갈 수가 없다. 1회 대면 상담을 진행하고 예약을 할 수는 있는데 대기 기간이 짧으면 2주,

길면 1개월 이상이 걸릴 수도 있다고 했다. 무엇보다 '아직 우리 엄마 더 살 수 있는데 벌써 무슨 호스피스야?'라는 생각이 지배적이었던 터라 호스피스는 제외했다.

그럼 남은 곳은 요양병원이었다. 나는 소개받은 요양병원들을 직접 다니며 사전 확인을 했다. 썩 내키는 곳이 없었다. 응급 상황이 발생했을 때 바로바로 처치가 되지 않을 것 같았고, 시설도 마음에 들지 않았다. 그때부터 수십 통씩 병원마다 전화를 하며 알아보기 시작했다. 그리고 다양한 이유로 거절당했다.

거동이 불가해서 입원이 안 된다, 가족이 상주해서 간병할 수 없다, 여명이 짧아서 안 된다… 다, 안 된다고 했다.

엄마는 "서울에 있는 곳 말고, 공기 좋은 데 가고 싶어. 꽃도 보고 나무도 있는 곳이면 좋겠어."라고 했다. 나는 엄마의 의견을 반영해 다시 병원을 알아보았다. 신촌의 대학병원과 연계되어있으면서 거리도 그리 멀지 않은 곳, 그리고 엄마에게 필요한 최소한의 의료시설이 갖춰진 곳으로 우리는 전원을 했다. 다행스럽게도 엄마는 만족해했다.

"내가 다시 새소리를 듣게 될 줄 몰랐어! 내가 다시 꽃과 나무를 만지게 될 줄 몰랐어." 하며 좋아했다. 휠체어만

타던 엄마가 조금씩 걷기 시작했다. 기뻤다. 나는 엄마의 하루하루를 기록했다. 매일매일 가족들과 통화도 했다. 가족들 모두 엄마와 시간을 보내기 위해 애썼다. 요양병원에서는 유라와 내가 번갈아가면서 간호했다. 유라가 간호하는 날에는 '혹시나 다른 치료법이 있을까' 하는 마음에 다른 대학병원에도 가보고 호스피스 예약을 위해 상담도 다녔다. 하지만 여명이 얼마 남지 않은 엄마에게 획기적인 치료법은 없었다. 그래도 조금씩 걷는 엄마를 볼 때면 빛이 보였다. 기적이라는 빛, 희망이라는 빛. 엄마가 금세 다시 건강해질 것 같았다.

하지만 그 생각도 잠시, 요양병원에서 지낸 지 일주일쯤 됐을까, 엄마에게 다시 심한 복통이 찾아왔다. 마약성 진통제로 조절했던 복통이 조절이 안 되기 시작했다. 소변도 잘 나오지 않았다. 우리는 구급차를 타고 신촌 대학병원 응급실로 돌아갔다.

응급실에 다시 입원한 후, 또 한 번 "더 이상 병원에서 할 수 있는 게 없다."며 퇴원하라는 통보를 받았다. 소변이 잘 나올 수 있게 PCN 시술을 하자고 권유받았지만 엄마는 거부했다.

"몸 앞에만 해도 장루랑 콧줄이 달려있는데, 그거까지 어떻게 달아… 너무 싫어… 꼭 해야 한대?"

PCN 시술을 하지 않겠다는 엄마의 의지가 강했다. 병원에서도 아직 간 수치가 높지 않으니 좀 더 보류해보자고 했다. 엄마는 몸은 약해졌지만, 의식은 또렷했다.

우리는 또다시 다른 병원으로 이동할 준비를 했다.

"마지막까지 최선을 다해봅시다!"
이 말이 얼마나 반갑던지

고마운 의사 선생님, 그리고 호스피스 입원을 기다리며

한 번 해봤던 일이라 그런지 이전보다 빠르게 결정할 수 있었다. 입원과 동시에 호스피스 병실에 자리가 나면 바로 호스피스로 옮길 수 있는 병원, 응급상황에 대처가 가능한 병원, 혹시 모를 상황에 대비해 장례식장도 있는 병원.

다행히도 그 모든 조건이 충족되는 곳이 딱 한 곳 있었다. 일산에 있는 한 대학병원이었다. 병원을 옮기기 전, 의료진과의 진료 상담이 필요했다. 유라에게 엄마 간호를 부탁하고 선철이와 함께 일산으로 향했다. 혹시나 입원이 안 된다고 할까 봐 잔뜩 긴장하고 있었다. 그곳은 불교계 대학병원이었다. 우리 가족의 종교 역시 불교였기에, 병원에 들어서자마자 심적으로 안정되는 느낌을 받았다. 병원

에서는 우리의 상황을 다 앎에도 흔쾌히 엄마에게 입원을
권했다.

"교수님, 저희 엄마 혹시 살 수 있는 확률은 없나요?"

나는 혹시나 하는 마음에 물었다.

"어렵겠지만, 그래도 마지막까지 최선을 다해봅시다.
이 방법 저 방법 가리지 않고 해봅시다."

최선을 다해보자고 긍정적으로 말씀하시는 선생님을
만나니 엄마를 살릴 수 있을 것 같은 욕심이 났다. 끝이 다
가온 줄 알면서도 의사 선생님의 그 말 한마디가 그때는 얼
마나 반갑고 위로가 됐는지 모른다.

그렇게 2021년 5월 10일, 병원에 입원하게 되었다. 그동안 머물렀던 병원들에서는 "이런 음식은 드시면 안 된다.", "물도 드시면 안 된다."… 하며 다 안 된다고만 했는데, 이곳 의사 선생님께서는 "먹어서 이상이 없고 맛있어 하시면 드시게 하자."고 하셨다. (당시 엄마는 물 종류의 음식만 섭취가 가능했고, 그것마저도 L-tube를 통해 거의 다 빠져나왔다) 마침 주치의 선생님은 병원에서 호스피스 분야까지 전문적으로 맡고 계신 분이었다. 또한 양방 선생님이셨지만 한방치료를 병행하는 것에도 우호적이셨다. 엄마에게 도움이 될 수 있는 의사 선생님을 만났다는 생각이 들었다. 좋은 의사 선생님을 만났다는 것만으로도 엄마와 나는 마음이 좀 놓였다.

실제로 입원 후, 엄마는 주치의 선생님의 팬이 됐다. 선생님은 친절하실 뿐 아니라 따뜻하고 섬세하게 진료를 봐주셨다. 환자와 보호자의 작은 목소리에도 귀 기울여주셨다. 예를 들면, 구역감이 심한 엄마의 하소연을 듣고 다음 회진을 오실 때면 여러 가지 보조 요법까지 연구해서 알려주시기도 했다.

입원한 지 2~3주쯤 됐을까? 평소와 같이 통상적인 검사를 받은 날이었다. 그날은 엄마가 약간 열이 있었다. 미열이기에 큰 걱정은 하지 않았다. 이어서 소변 검사를 했다. 검사 결과를 기다리는 중에 호스피스 병동에서 연락이 왔다. 병실에 자리가 났으니 다음 주쯤 입원해도 된다는 전화였다. 기다리던 연락이었지만, 막상 진짜 엄마가 호스피스로 간다는 사실이 와닿아 기분이 이상했다.

사실 처음 호스피스를 알아보라고 했을 때는 부정적이고 무서운 마음이 들었다. 하지만 호스피스에 대해 조금씩 찾아보면서 그곳에서 치료를 받는 것이 엄마에게는 더욱 안정적이고 편할 것이라는 생각이 들었다. 진통제 하나를 처방받기 위해서도 복잡한 과정을 거쳐야 하는 일반 병원과 달리, 환자의 고통을 최소화하는 것이 목적인 호스피스에서는 절차가 간소했다. 또한 호스피스는 완치가 어려운 말기암 환자에게 신체적, 정신적인 보살핌을 제공하고 높은 삶의 질을 유지하며 편안하게 지낼 수 있도록 서비스를 제공한다.

한편으로 보호자는 환자의 옆에서 끊임없이 그들이 편안할 수 있도록 노력하지만, 인내, 자책, 슬픔이라는 벽에 부딪히곤 한다. 호스피스는 서비스를 제공함을 통해 벽 앞에 서 있는 보호자와 당장 얼마 남지 않은 생을 앞둔 환자가 '잘' 헤어질 수 있도록 마음의 준비를 돕는 역할을 한다.

호스피스에서 연락을 받고 몇 시간 뒤, 소변 검사 결과가 나왔다. 뜻밖의 결과였다. 엄마가 '항생제 내성균 보균자'라는 것이다. 항생제 내성균 보균자는 전염 가능성이 있어서 격리 환자에 속한다. 결국 엄마는 기다리던 호스피스 입원도, 다른 병원으로 이동도 하지 못하는 상황이 되었다.

점점 시간이 흐를수록 이전과는 비교할 수 없을 정도의 깜깜한 터널 속으로 들어가는 기분이었다.

끝이

다가온 줄

알면서도

희망의 끈을

놓을 수

없었다 .

이 시간이 나는 너무 감사해

환청과 섬망, 모르핀이 엄마를 삼키기 전에

하루가 다르게 엄마의 몸은 마르고 쇠약해졌다. 우리는 엄마의 컨디션이 좋은 날이면 엄마가 좋아하는 팝송과 댄스음악을 틀어놓고 놀았다. 내가 춤을 추면 엄마는 박수를 쳤다. 나는 엄마를 웃게 하려고 더 우스꽝스럽게 춤을 추고 노래도 따라 불렀다.

극심한 통증 때문에 나오는 엄마의 앓는 소리에 불편할 옆 환자를 위해서, 먹지도 못하는데 끼니때마다 옆 환자의 식탁에서 풍겨오는 음식 냄새로 힘들 엄마를 위해서, 그리고 여러 퇴원과 죽음을 옆에서 볼 때 느끼는 불안이 싫어서 우리는 신촌에서도 일산에서도 1인실 입원을 고집했다.

세상에 엄마와 나, 단둘만 있는 1인실에서 우리는 호

캉스를 하듯 즐겁게 지내며 많은 추억을 쌓았다. 특히 그동 안 하지 못했던 이야기들을 할 수 있어서 너무나 귀한 시간 이었다.

살림이 넉넉하지 못했을 때 분유를 제대로 못 먹인 게 미안하다는 엄마의 이야기, 학생 때 공부는 미루고 말썽부 려서 죄송했다는 나의 고백, 갑자기 엄마가 해준 비빔국수 가 먹고 싶다거나 곧 생일인데 갈비찜 해줄 수 있냐는 시답 잖은 이야기, 결혼해서 아기 낳으면 엄마가 봐달라며 그때 까지 꼭 살아있어 달라는 마음을 대신한 이야기…. 그렇게 우리는 대화가 가능할 때 최대한 많은 이야기를 나누었다. 엄마가 모르핀을 이길 힘이 있을 때 말이다.

시간이 지날수록 마약성 진통제는 서서히 엄마를 삼 켜버렸다. 엄마는 대화를 잘 나누다가도 까무룩 잠들어버 리거나, 어떤 날은 이야기가 옆길로 새기도 했다. 나를 "엄 마, 언니, 아가씨."라고 부르기도 했다. 또 어떤 날은 "소라 야, 저기 밖에 수군거리는 아줌마들 좀 가라고 해." 하면서 환청을 듣거나 "안 돼요, 지금은 못 가요!" 하며 자꾸 누가 오라고 한다고 하거나 "소라야 불 좀 꺼, 너무 눈부셔서 잠 을 못 자겠어. 지금 낮이야?" 하고 밤과 낮을 구분 못 할 때도 있었다.

처음에는 엄마의 환청과 섬망 증상이 약 때문인 걸 알면서도 문득 낯설고, 무서운 감정이 들었고 '이러다 나까지 잊는 건 아닐까', '약이 엄마를 더 안 좋게 하는 건 아닐까' 하는 불안감도 느꼈다.

하지만 엄마는 환청과 섬망 증상을 스스로 인지하고 있었다. "소라야, 엄마가 미쳤나 봐. 자꾸 이상한 말을 하는 것 같아."라며 엄마는 원치 않는데, 자꾸만 입에서 이상한 말이 나온다고 했다. 그런 엄마를 보니, 내가 불안해할 때가 아니라는 생각이 들었다. 이후 나는 일부러 엄마랑 상황극을 자주 했다. 나를 "아가씨~"라고 부르면 "아닌데요, 아줌마인데요." 한다거나, 나한테 "엄마."라고 하면 "오구구, 우리 현숙 씨~" 하거나 "누가 날 자꾸 불러."라고 하면 "지금 너무 바빠서 당장은 못 간다고 말씀드려~" 하면서 놀렸다. 엄마는 그걸 기억하고 자신도 모르게 무의식적으로 "안 돼요, 지금은 못 가요."라는 말을 했던 것 같다.

그럼에도 엄마의 불안감은 늘어갔다. 엄마가 불안해하는 날이면 나는 병실 소파를 최대한 침대 가까이 붙여서 엄마의 손을 꼭 잡고 잤다. 가끔 새벽에 엄마가 깨서 가만히

나를 쳐다보고 있을 때는 놀라기도 했다. 엄마 옆에서 자면 엄마 냄새가 많이 나서 좋았다. 어릴 적부터 늘 맡아온 엄마의 냄새. 그건 내가 제일 좋아하는 향수 냄새보다 포근하고 더 달콤한 향이다. 새벽이면 엄마 냄새는 병실을 가득 채울 정도로 더 깊어졌다. 그럴 때면 나는 그 공기를 내 안에 가득 담으려고 숨을 더 크게 들이마시곤 했다. 내 안에 엄마를 더 많이 새기고 싶어서, 날이 밝는 게 못내 아쉬운 날도 많았다.

엄마가 잠에 쉽게 못 드는 밤이면 동영상 공유 서비스를 통해 올드팝을 듣거나 빗소리가 나는 영상을 켜놓고 잠들 때까지 이야기를 나눴다. 엄마는 빗소리를 참 좋아했다. 바람이 솔솔 불어오는 밤에 창문을 열고 빗소리까지 틀어놓으면, 정말 비 오는 날 분위기랑 똑같다고 참 좋아했다. 그렇게 우리에게는 언제 온 지도 모를 만큼 빨리 여름이 찾아왔다.

이제 엄마가 혼자 화장실에도 가지 못하는 시기가 왔다. 자존심이 잔뜩 상했는지 성낼 때도 있었고, 우리가 고생하는 것 같다며 자책하고, 많이 미안해하기도 했다.

"엄마, 우리 어렸을 때 똥 기저귀 갈고, 오줌 싼 팬티 빨래하면 더러웠어?"

"아니, 꼬수웠지(고소했지)."

"우리도 지금 그래."

우리는 엄마가 창피해하고 미안해할 때면 "엄마. 잘 들어. 이렇게라도 키워주신 은혜 갚을 수 있게, 효도할 수 있게 기회를 줘서 우리는 오히려 고마워."라고 말했다. 엄마는 그때마다 너희한테 해준 거 하나 없는데 이렇게까지 돌봐주는 너희를 보면 안쓰럽고 미안하다고 했다. 그러면 또 대답했다.

"엄마, 다른 사람들 부모님은 이런 기회도 안 주시고, 갑작스럽게 돌아가시는 경우도 있어. 근데 우리는 진짜 행복한 거야. 부모님의 은혜를 갚을 수 있게 허락된 이 시간이 나는 너무 소중하고 감사해."

병실은 어느새 우리 집이라도 된 것처럼 엄마를 위한 용품들로 가득 채워졌다. 아로마 향을 넣을 수 있는 가습기, 다리 부종을 예방해주는 압박용 스타킹, 욕창 매트 등….

간호사나 의료진들도 회진을 돌 때면 "와아~ 이런 물건들은 도대체 어디서 사시는 거예요?" 하며 오히려 우리한테 물어보곤 했다. 엄마는 그때마다 "우리 딸이 내가 조금이라도 불편하다고 하면 뭐든 다 사 와요." 하며 자랑하듯 대답했다. 덕분에 우리는 그 구역에서 '효녀 자매'가 되어있었다. 엄마 덕분에 그렇게 효녀도 되어보았다.

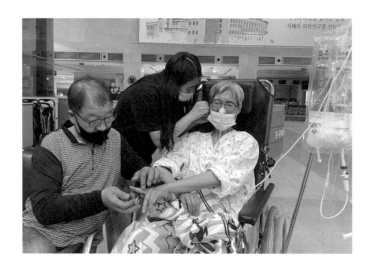

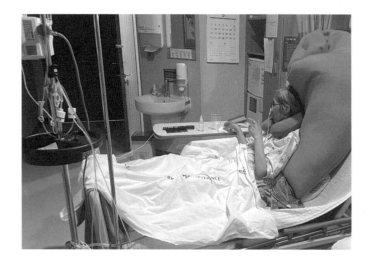

큰 엄마, 퇴원해서
저랑 꼭 떡볶이 먹으러 가요

남겨질 사람들과 잘 이별하기

엄마는 점점 추워했다. 엄마를 위해 공기는 답답하지 않게 환기하면서도, 원적외선 온열 돔 기계로 몸은 따뜻하게 해주었다. 컨디션의 기복도 심해졌다. 기분상으로는 마치 1분 1초마다 증세가 달라지는 것 같은 느낌이었다.

엄마가 컨디션이 좋지 않아서 자는 시간이 길어지는 날에는 그동안 엄마가 했던 일들을 하나씩 꺼냈다. 건물 계약서, 아빠 공장 장부 정리, 보험, 공과금, 각종 세금….

'도대체 엄마는 집안일이며 장부 정리, 부동산 관리, 맏며느리와 맏딸 노릇까지 어떻게 다 했을까? 이러니 병이 나지' 하면서 나는 엄마가 맡아왔던 집안의 여러 일을 동생들과 분담했다. 평소에 아옹다옹하고 장난 가득한 꾸러기 같던 가족이 하나가 되어서 힘든 시간을 잘 헤쳐 나가고 있었다.

또 시간이 나면 엄마를 치료할 방법을 찾거나 '웰 다잉(Well-Dying)'에 대해 공부했다. 그렇게 나는 언젠가부터 나도 모르게 엄마와 '잘 이별하기'를 준비하고 있었다.

내가 준비한 '잘 이별하기'의 첫 순서는 '친척, 지인들과 영상통화 하기'였다. 엄마 컨디션이 좋은 날이면 우리는 영상통화 하기에 바빴다. 영상통화 전에, 나는 미리 상대에게 엄마의 상태에 대해 설명하고 몇 가지 당부를 드렸다.

첫 번째, 울지 않기.

두 번째, 그동안 고마웠거나 하지 못했던 말 나누기.

세 번째, 울지 않기.

첫 번째도 마지막도 '울지 않기'였다. 울면서 보내기엔 엄마의 남은 시간은 너무 짧고 소중했다. 그 시간에 엄마에게 행복을 줄 수 있는 추억이나 재미있던 일들을 꺼내주길 바랐다.

"그동안 고마웠다."

"그동안 잘 못 챙겨줘서 미안했다."

"빨리 퇴원해서 여행 가자, 제발 다시 보자, 정신 놓지 마라."

"큰 엄마, 퇴원해서 저랑 꼭 떡볶이 먹으러 가야 돼요. 약속해요!"

사람들은 엄마의 마음이 약해지지 않도록 그동안 엄마가 좋아했던 것들과 즐거웠던 추억을 이야기하며 힘을 주었고, '나중에 건강해지면 우리~' 하면서 여러 가지 약속을 받아냈다.

아마 모두 엄마 얼굴을 보고, 목소리를 들었을 때 요동치는 감정을 속으로 삼키며 애써 밝은 모습을 보여줬을 것이다. 휴대전화 너머에서 그들이 마음속으로 간절히 기도하고 있다는 것을 느꼈다. 엄마의 고통이 잠잠해지길, 자는 동안이라도 편안하길, 떠나는 길이 너무 고되지 않길. 염원하고 바라는 그 마음은 나도, 엄마를 사랑하는 모든 사람들도 똑같은 마음이었을 거다. 그분들의 염려와 바람이 엄마에게 닿았기를, 그래서 엄마의 남은 날들은 고단함보다는 평안함이 더 많기를 나도 바라고 또 바랐다.

나는 모르핀이 엄마를 삼키기 전까지 되도록 많은 사람과 영상통화를 할 수 있도록 했다. 처음에 엄마는 작별인사를 하는 것 같다고 꺼렸지만, 나는 "엄마, 엄마 의식이 또렷할 때, 하고 싶은 이야기를 남기는 건 정말 훌륭하고 멋진 일이야." 하며 엄마를 다독였다.

남겨진 사람들과 잘 이별할 수 있게 노력한 것은 지금 생각해도 참 잘한 일 같다. 후회하지 않는다. 오히려 소중한 사람들과 작별인사할 시간을 주지 못했다면 두고두고 후회했을 것 같다.

그즈음 나는 엄마에게 책 한 권을 선물했다. 그 책은 시작부터 끝까지 '엄마'에 관한 질문으로만 이루어진 책인데, 질문 아래에는 답을 작성하는 공간이 있어서 엄마가 직접 대답을 써야 했다. '자녀에게 꼭 알려주고 싶은 음식 레시피' 같은 질문부터 '엄마와 아빠의 첫 키스 날'처럼 과거를 추억하는 재미있는 질문도 있었다. 나는 책을 선물하며 자식들에게 또는 아빠에게 해주고 싶은 이야기나 남기고 싶은 말이 있으면 적어달라고 했다. 평소에도 편지 쓰기와 글쓰기를 좋아하던 엄마는 시간이 될 때마다 그 책을 펴서 질문에 대한 답을 썼다. 엄마가 생각하기에 질문의 깊이가 조금 얕다 싶으면, 심화된 질문으로 발전시켜서 질문을 다시 만들고, 그에 따른 대답을 쓰기도 했다.

책에 대답을 쓰기 시작한 초반에 엄마는 또박또박 예쁘게 글씨를 썼다. 그런데 시간이 갈수록 글씨가 점점 흐트러졌다. 책의 후반으로 갈수록 글씨는 알아보기 어려울 정도로 변했고, 이내 엄마는 펜을 잡는 것도 힘겨워했다.

그동안 아픈 엄마의 모습을 워낙 많이 봤기에, 이제는 어떤 모습에도 슬픔을 잘 참을 수 있을 거라고 생각했다. 그런데 생각지도 못했던 곳에서, 점점 변해가는 엄마 글씨

체에서 슬픔이 몰려왔다. 삐뚤삐뚤 힘이 없어 흐릿해지는 글씨체가 마치 조금씩 약해져 가는 엄마 같았다. 울컥, 가슴속에서 뜨거운 것이 올라왔다.

'지금은 흐릿한 저 글씨도 언젠가는 사라지겠지? 언젠가 볼 수 없게 될 날이 오겠지?'

그런 나의 마음도 모르고 엄마는 책을 작성할 때면 항상 즐거워했다. 가끔 재미있는 질문에는 "호호." 웃으며 답을 썼고, 어떤 질문을 볼 때는 수줍은 얼굴을 하기도 했다. 엄마는 그렇게 한 장 한 장, 세상에 하나뿐인 자신만의 답을 적어나갔다. 그리고 덕분에 나는 엄마의 모든 것이 담긴 책을 선물 받게 되었다.

만일 다시 그때로 돌아간다면 나는 엄마와의 추억을 남기기 위해 사진과 책 이외에도 더 많은 방법을 찾아볼 것 같다. 편지든 사진이든 한 장이라도 더 남기기 위해 필사적으로 노력했을 것 같다. 아니, 그것보다 더 중요한 더 많이 엄마랑 웃고, 눈을 맞추고, 손을 잡으며 시간을 보내는 일에 온 정성을 쏟았을 것이다. 엄마랑 추억을 더 남기기 위해 사진에 동영상 촬영까지 했었는데, 그때 엄마가 속삭인 한마디를 놓쳤다. 동영상을 아무리 돌려봐도 그 말이 무엇이었는지 들리지 않는다. 그 말 한마디가 무슨 말이었냐고, 다시 한번만 말해달라고도 이제는 못하는데….

살리기 위한 치료 방법을 찾는 것도 중요했지만, 이미 남은 시간이 얼마 남지 않았음을 선고받았을 때는 이별이 다가온다는 사실을 받아들여야 한다. 그리고 이 남은 시간에 환자의 컨디션(움직일 수 있다면 있는 대로, 움직일 수 없다면 없는 대로)에 따라 더 많이 함께하고, 추억을 남길 수 있는 방법을 모색하는 것이 참 중요하다.

사실 할 수 있는 것이 많이 없다고 느껴질 수 있다. 그렇다고 아무것도 안 하고 손 놓고 있기엔, 그 시간들은 너무 소중하고 아깝다. 환자가 떠나고 그 빈자리만 남았을 때, 그래도 끝까지 노력했다는 사실이 위로가 되기도 한다.

032

□

젊을 적,
엄마는 외모 콤플렉스가 있었나요?

*Mommy, have you ever not felt confident
about your appearance when you were young?*

A. 그런건 심하나 괜다 주라 해주세요.
외모 콤플렉스가 빠져 있을서 간에
되라도. 한푼. 더 벌으셔야 했어요...

아름다운 것! 그것은 마음의 눈으로 보여지는 미(美)이다.
브라앙 주베르 (Brian Joubert)

엄마와 잘 이별하기
TO DO LIST

❋ ❋ ❋

☑ 편지, 일기, 유언장, 자서전 등 기록 남기기

엄마와의 추억을 남기기 위해 그동안 나누지 못했던 이야기를 일기 또는 편지로 남기거나 엄마의 자서전을 쓰는 것도 좋을 것 같다. 쓰는 것이 어려울 경우, 사진이나 동영상 촬영 등으로 기록을 남기는 것도 좋은 방법일 것 같다.

☑ 버킷리스트 실천하기

사실 병원에 입원하지만 않았다면 여행이나 가족사진 촬영 등등 버킷리스트를 작성해놓고 남은 시간을 보냈을 것 같다.

☑ 영정사진 선택 등 장례 계획 세우기

엄마가 조금이라도 대화가 가능할 때는 휴대전화 속 사진을 보며 영정사진을 고르거나 장례 계획에 대해서 자연스럽게 이야기를 나누었다. 우리의 경우 증명사진 같은 부자연스러운 사진보다 여행 가서 찍은 사진 중 엄마 마음에 드는 사진으로 골랐다. 엄마가 돌아가신 후, 엄마 모실 곳을 수목장으로 결정한 것도 엄마의 의견이었다.

엄마와 잘 이별하기
TO DO LIST

✻ ✻ ✻

☑ 가족, 지인들과 인사 나누기

환자가 조금이라도 컨디션이 좋을 때, 가족, 지인들과 작별
인사를 나누는 것이 좋다. 또한 남겨지는 가족들이 꼭 알아
야 할 것들 있다면 이 시기에 이야기를 나누는 것이 좋을 것
같다. 나 같은 경우는 엄마의 통장 비밀번호 또는 보험 해지,
유품 정리 시 주의해야 할 것들에 대해서 들을 수 있었다.

☑ 기분 좋게 대화하기

환자를 간호하면서 짜증을 내거나 귀찮은 듯한 표정을 한
보호자를 보면 차라리 집에 가라고 말하고 싶다. 환자에게
는 마지막일지도 모르는 그 시간을 환자가 마음의 빚이라고
느끼지 않도록 기분 좋게 대화하고, 최대한 행복하고 즐거
운 시간을 보내기를 바란다.

가족사진 한 장이 없네

번듯한 가족사진 한 장 없다는 후회

엄마의 암이 재발하기 전, 나는 유학에서 돌아와 이제 막 직장인이 되었고 동생들은 한창 학교에 다니고 있었다. 우리는 일과 공부, 그리고 친구들과 노는 것에 빠져있었다.

그즈음 한창 '리마인드 웨딩' 촬영이 유행이었다. 부모님께 선물하는 의미로 촬영을 시켜드리는 또래 친구들이 많았다. 가족사진을 남길 수 있다는 점이 마음에 들었고, 부모님께 좋은 추억이 될 거라 생각했다. 그렇게 나는 한 웨딩 스튜디오에서 진행하는 이벤트에 엄마와 우리 가족의 이야기를 적어 보냈다. 그리고 얼마 후, 당첨됐다는 소식을 들었다.

'엄마가 웨딩드레스를 입으면 얼마나 좋아할까? 얼마

나 예쁠까? 주위에서도 엄마를 많이 부러워하겠지?' 나는
스스로 뿌듯해하며 엄마에게 당첨 소식을 전했다.

"싫어."

엄마의 대답은 칼 같았다. 촬영 비용 때문에 거절하는
것 같아서 이벤트에 당첨된 거라 비용이 많이 들지 않는다
고 설명했다. 하지만 싫은 이유는 다른 데 있었다.

"내가 드레스 갈아입을 때 누가 장루를 볼 수도 있잖
아. 싫어."

엄마는 눈물까지 글썽이며 싫다고 했다. 옷을 갈아입
을 때 도와주는 분들이 장루를 보는 것이 싫으셨던 거다.
또, 웨딩드레스를 입으면 장루 있는 부분이 불룩하게 튀어
나와 보이는 것도 싫었던 거다. 나는 엄마가 느낄 창피함까
지는 생각하지 못했다. 그런 마음을 알아주지 못한 데 미안
한 마음이 들었다. 대신 엄마가 건강해지면, 장루를 떼어내
고 꼭 찍으러 와야겠다 다짐하며 촬영을 취소했다.

그렇게 엄마가 건강해지기만을 기다리며 시간은 흘렸
고, 결국 우리 가족은 엄마의 살 날이 얼마 남지 않은 그때

까지 그 흔한 가족사진 한 장을 찍지 못했다.

"없으면 지금이라도 찍으면 되지!"

이제 우리에겐 후회할 시간도, 고민할 시간도 사치였다. 무엇이든 떠오른 것이 있으면 바로바로 실행했다. 병원에 가족 면회 신청을 요청했다. 코로나 시국이었기 때문에 면회가 쉽지는 않았다. 그래도 병원에서는 PCR 검사를 받은 가족에 한해서 15분간 면회를 허락해주었다. 그 짧은 15분이 우리 가족이 다 모일 수 있는 마지막 기회가 될 수도 있겠다는 생각이 들었다.

그렇게 우리 가족 다섯 명이 모이는 데 허락된 시간 단 15분. 엄마는 가족이 모두 모이자 갑자기 호랑이 기운이라도 솟았는지 부쩍 기운이 있어 보였다. 엄마의 컨디션이 좋은 것을 확인한 우리는 휴대전화를 셀프 카메라 모드로 설정하고 계속 셔터를 누르며 사진을 찍었다. 주어진 시간이 너무 짧았기에, 가족들은 엄마와 이야기 나누는 것보다 가족사진 찍는 데에 열중했다.

리마인드 웨딩을 했더라면 번듯한 가족사진이 한 장은 있었을 텐데… 아니, 가족여행 갔을 때라도 찍을 걸… 아니면 평소에라도….

생각해보니 살면서 가족사진을 찍을 수 있는 기회는 수없이 많았다. 그 기회를 다 날려버리고, 이제는 이 좁고 엄숙한 병실 안에서 기쁨과 슬픔이 오묘하게 섞인 감정을 꾹꾹 눌러가며 사진을 찍어야 했다. 단 15분의 시간이라도 허락된 것에 감사하며 우리는 세상에서 가장 기쁜 사람들인 것마냥 웃으며, 그렇게 가지고 싶던 가족사진을 남겼다. 그렇게라도 가족사진을 남길 수 있어 행복했다. 그날은 내 생일이었다. 그렇게 찍은 가족사진은 어떤 선물보다 소중한 생일선물이 되었다.

"너무 행복해."

엄마가 말했다. 우리 다섯 식구가 카메라 앵글 안에 겨우겨우 들어가서 찍은 사진. 다섯 명의 얼굴로 화면이 꽉 채워진 그 사진은 지금 봐도 그 당시 깔깔거리며 웃던 우리의 모습이 눈에 선하게 보인다.

10분 정도 시간이 지났을까? 엄마가 "소라야, 엄마 집에 가고 싶어."라고 했다. 내가 엄마였어도 생의 마지막은 집에서 정리하고 싶을 것 같았다. 그동안 나는 엄마가 잠깐

이라도 퇴원할 수 있도록 주치의 선생님과 다양한 시도를 했지만 엄마의 몸 상태로는 외출도, 퇴원도 불가했다. 할 수 있는 건 오직 병원 주변을 휠체어에 의지한 채 산책하는 정도였다.

하지만 얼마 안 되어 그것마저도 못하게 되었다. 그렇게 엄마는 병실에 갇혀버렸다. 병실 밖으로도 나가지 못하는 엄마는 간절히 병원을 벗어나고 싶어 했다.

이후 엄마는 산책은커녕 목욕도 할 수 없게 되었다. 다른 건 도와주지 못하더라도 씻지 못하는 엄마의 불편함은 조금이라도 해소해주려고 노력했다. 매일, 아침마다 젖은 물수건을 몇 번이고 빨고, 헹구고, 말리며 머리도 감겨주고, 몸도 닦아주고, 로션도 발라주었다. 물론 욕실에서 따뜻한 물로 샤워하는 것만큼 개운하지는 않았겠지만, 그래도 엄마는 자신을 위해 애쓰는 우리에게 고마워했다.

나중에는 엄마 몸에 부착된 의료 장치들이 너무 많아져서 그것마저도 못하게 되었다. 그때 우리는 물 없이도 씻을 수 있는 샤워 제품들을 샀다.

그렇게 엄마는 1평 남짓의 병실 침상에 갇혀버렸다.

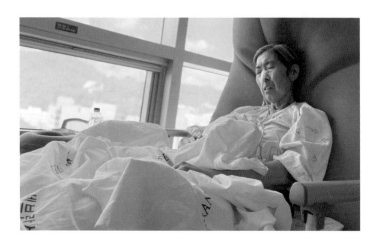

엄마 고생했어, 이제 집에 가자

엄마의 임종. 다음 생에는 엄마가 내 딸로 태어나요

회사 복직 시기가 다가오면서 유라와 병간호를 교대했다. 그사이 달이 바뀌었고, 7월이 왔다.

그 시기, 엄마는 자가 호흡이 어려워졌고 허공에 손을 허우적거리며 답답해하던 호흡기를 자꾸 손으로 치우려고 했다. 그래서 유라는 밤새 엄마 호흡기를 다시 채워줘야 했고, 어느 날 밤 유라는 잠을 이루지 못하고 나한테 영상통화를 걸었다. 7월 2일로 넘어가는 날 자정이었다.

새벽 1시까지 영상통화를 한 것 같다. 나는 전화를 끊고도 한참을 잠들지 못했다. 그날따라 잠이 오지 않았다. 엄마랑 찍은 사진, 엄마랑 나눴던 문자들을 보며 울다가 잠깐 잠이 든 것 같다.

그리고 오전 6시, 유라에게 전화가 왔다. 전화벨 소리가 유독 크게 느껴졌다. 느낌이 심상치 않았다.

"언니, 병원으로 빨리 와야 할 것 같아."

"응, 유라야. 울지 말고, 이럴 때일수록 침착하자. 우선 엄마 휴대전화로 이제부터 영상 기록해. 엄마가 혹시나 무슨 말하려거든 다 찍어둬. 우리 가는 동안 잘할 수 있지? 엄마 손 꼭 잡고 조금만 기다려달라고 해줘. 금방 갈게!"

유라와 통화를 끊고 나는 '지금 눈물이 터지면, 오늘 안에 못 멈출 것 같다'는 생각에 나오려는 눈물을 꾹 삼켰다. 일산으로 가면서 모든 가족에게 전화를 했다.

이전에도 이런 위급한 상황이 두 번 정도 있었다. 이번에도 그런 거겠지, 반드시 그래야 한다는 마음으로 가족들은 병원으로 달려갔다. 얼굴이 하얗게 질리고 눈이 퉁퉁 부은 유라의 옆에서 엄마는 괴로운 모습으로 1분 1초를 견디고 있었다.

"엄마, 소라 왔어. 선철이도 왔고, 아빠도 왔고, 엄마가 좋아하는 예비 사위도 왔네."

엄마 머리를 쓰다듬고 이마에 입을 맞췄다. 가족 모두가 한자리에 모여서 엄마를 지켜봤다. 돌아가면서 한 명씩 엄마와 시간을 보냈다. 임종 시 인체의 감각 중 청각이 가장 오래 남아있다고, 어느 책에서 본 것이 기억났다. 우리는 최대한 엄마에게 가까이 다가가 엄마의 귓가에 입을 대고 그동안 말하지 못했던 마음속 이야기를 속삭였다. 나는 아무도 울지 못하게 했다. 우리가 울면 엄마가 마음 편히 하늘나라로 가지 못할 것 같았기 때문이다.

잠시 뒤 가족들이 잠깐 자리를 비워 병실에 엄마와 단둘이 남게 되었다.

나는 "아가, 우리 아가…"라고 엄마를 부르며 말했다. "엄마, 나 우리 엄마 없으면 못 사는데… 이 노릇을 어떡해…."

깡마른 엄마를 꼭 끌어안고 이야기하다가 결국 울음이 터졌다. 눈물은 내 의지와 상관없이 흘러내렸다. 슬픈 감정이 북받쳤다. 쉴 새 없이 눈물이 흘렀다. 울지 않겠다던 내 다짐은 5분도 채 안 되어 무너지고 말았다. 이렇게 울다가는 쓰러질 것 같았다. '안 돼, 내가 쓰러지면 우리 엄마 슬퍼서 어떡해…' 나는 또 엄마 걱정을 했다. 그래서 빨리 눈물을 닦고 해야 할 말을 했다.

"엄마, 내 엄마로 태어나줘서 정말 감사합니다. 엄마는 나에게 좋은 엄마였고, 친구였고, 언니였어요. 그동안 내가 잘못한 것이 있으면 용서해주세요. 다음 생이 있다면 우리 꼭 다시 만나요. 그때는 내가 엄마 할게요. 엄마가 딸 하세요. 엄마가 내 딸로 태어나면, 내가 진짜 잘해줄게."

나는 쉬지 않고 엄마에게 말했다. 엄마는 계속 호흡기를 손으로 만지고 치우면서 답답해했다. 숨소리가 일정하지 않았다. 너무 괴로워 보였다. 나는 매일매일 엄마가 떠나지 않기를 기도했는데, 지금은 아니었다. 엄마가 너무 아파했다. 가족들을 위해 마지막 힘을 다해 버티고 있는 엄마의 모습을 보니 더 이상 붙잡을 수가 없었다. 이제는 엄마를 편히 쉬게 해줘야겠다는 마음이 들었다.

곧 주치의 선생님이 오셨고 이전에 서명했던 연명의료에 대해 다시 확인하셨다. 그리고 잠시 말씀을 멈추시더니, 이제 결정의 순간이 왔다고 하셨다. 우리에게 마지막 인사를 하라고 했다. 가슴이 꽉 조여들다 못해 터질 것 같았다. 엄마의 숨은 아주 작은 불씨만 남은 성냥개비랑 비슷해 보였다. 제 할 일을 다하고 타 버리는. 작은 불씨 살려보겠다고 살살 입바람을 불어도, 꺼지지 말라고 손바닥을 오므리고 감싸 조금만 더 버텨보라고 해도 휘~ 하고 공기 중에 연기만 남게 될 성냥개비 불씨. 그런 엄마를 보니 털썩 주저앉아서 아직은 안 된다고 울고 싶다가도 내 모습이 안쓰러워서 편히 떠나지 못할까 봐 눈물을 삼켰다. 방심하면 눈물이 핑- 하고 터져버릴 것 같아 머리로 이성을 찾아야 한다고 끊임없이 되뇌었다. 아직 우리 가족 중 누구도 엄마를 보낼 준비가 되어있지 않았다. 우리는 조금만 더 시간을 달라고 말씀드렸다.

우리는 엄마에게 마지막 인사를 했다.
"엄마, 사랑해⋯ 고생했어. 이제 편하게 쉬자. 잘 가."
"여보, 고마웠어. 그동안 나랑 살아주느라 애썼어. 소라엄마 사랑해⋯."
"엄마, 그만하자. 이제 집에 가자 엄마. 병원 지겹지? 이제 가자."

잠시 후, 나는 가족 대표로 선생님께 말씀드렸다.
"이제 의료 장치를 모두 제거해주세요."
선생님은 엄마를 괴롭혔던 의료 장치들을 하나씩 제

거하셨다. 엄마는 약 150일 만에 반듯하게 누웠다. 거칠게 내쉬던 숨이 서서히 멎었다. 엄마의 몸은 천천히 잠잠해졌다. 고통에 일그러졌던 엄마의 얼굴도 조금씩 평온해지기 시작했다.

"여기서 더 인사 나누세요. 고인이 아직 다 듣고 계시니까, 마지막까지 어머님께 사랑한다고 표현해주세요. 천천히 하세요."

우리가 다시 호출할 때까지 그 어떤 의료진도 병실로 오지 않았다. 의료진의 배려로 우리는 엄마와 작별할 시간을 충분히 가졌다.

그렇게 1시간, 2시간… 가족들은 오래오래 엄마를 바라보았다. 그동안 하지 못한 말, 고맙다는 말, 미안하다는 말, 우리 잘 지낼 테니 너무 걱정하지 말고 편히 쉬라고 인사했다. 마지막으로 그동안 고생한 서로를 격려하기 위해 엄마 손 위로 가족 모두가 손을 모았다.

"현숙아, 잘 가."

그것은 강현숙과 추씨 집안의 마지막 인사였다.

매일 새로운 생명이 태어나는 그곳에서 엄마는 아기

처럼 편안한 얼굴로 잠들었다.

2021년 7월 2일 10시 42분.
그렇게 엄마는 다신 돌아오지 못할 긴 여행을 떠났다.

엄마는 예상했던 두 달의 시간보다 조금 더 우리 곁에 머물러주었다. 나는 끝까지 엄마에게 기적이 있을 거라고 믿었다. 하지만 엄마에게 기적은 없었다.

그날은 '하늘이 무너지는 것 같은 기분'이 어떤 기분인지 알게 된 날이었다. 나의 하늘이 그렇게 무너졌다. 나의 봄이, 나의 꽃이, 나의 기쁨이, 나의 행복이, 나의 모든 아름다운 것들이 나를 떠나가는 것 같았다. 그리고 곧 아무도 없는 어둡고 황량한 사막에 나만 홀로 남겨졌다는 생각이 들었다.

나는 마지막으로 엄마의 메마른 손을 잡았다. 생각보다 손의 온기는 오래 이어졌다.

엄마의

온기가

나를 먼저

놓지 않아서 ,

나도

그 온기를

놓을 수

없었다 .

나를 꽃밭으로 만들어줘

엄마… 이제 진짜 못 보는 거야?

우리는 입원실에서 장례식장으로 이동했다. 하늘도 슬펐는지 비가 거세게 내렸다. 집과 가까운 서울의 장례식장으로 옮기자는 의견도 있었지만, 더 이상 엄마를 힘들게 하고 싶지 않았다.

"올 사람들은 올 거야. 엄마 데리고 여기저기 옮겨 다니지 말고, 이 병원에서 끝까지 마무리하자."

엄마가 입원했던 일산 병원에서 장례식을 진행하기로 결정하고 우리는 친척들에게 통보했다. 먼저 외할머니와 삼촌들, 친척들에게 알렸다. 작은어머니에게 전화가 왔다.

"소라야, 우리가 바로 갈게. 그런데 우리가 도와줄 거 뭐 있을까? 말만 해."

"다른 건 아무것도 필요 없고 한 가지만 도와주세요. 장례식을 왜 서울이 아닌 일산에서 하는지, 또 왜 구례 별장에 수목장을 하는지, 엄마의 마지막은 엄마와 우리 가족이 충분히 의논하고 결정한 부분이니 저희 뜻을 알리고 존중해주세요."

작은어머니는 걱정하지 말라고 하셨다.

입원실에서 안치실로 내려가면서도 장례에 필요한 과정들을 처리했다.

"상조회사죠? 장례 접수하려고요."

"우선 삼가 고인의 명복을 빕니다."

그 이후 통화는 잘 기억나지 않는다. 병원 서류, 민원 서류 등등 준비하라는 서류가 많았다. 상조회사 직원들이 오는 동안 나는 엄마와 미리 정해놓은 영정사진을 준비하고, 부고를 알릴 연락처와 문자 내용을 정리했다. 조문객을 맞다 보면 언제 식사를 할 수 있을지 몰라 그들이 오기 전에 미리 식사도 했다. 장례를 준비해야 한다고 생각하니 웃기게도 밥이 입으로 들어갔다.

장례식을 치르는 건 생각보다 분주한 일이었다. 빈소를 꾸밀 꽃, 제사상, 조문객 상차림, 상복까지 쉴 새 없이 선택과 결정을 해야 했다. 부고 알림과 동시에 쏟아지는 위로 인사와 근조화환도 받아야 했다. 엉덩이를 바닥에 붙이고 있을 시간이 없었다. 곧이어 한 분, 두 분 손님들이 도착했다. 우리는 울지 않고 조문객을 맞이하려고 노력했다.

정말 많은 사람의 진심 어린 조문을 받았다. 생전에 외향적이고 활달했던 엄마의 성격 덕에 많은 분이 장례식장을 찾아주셨다. 등산 동호회 회원분들, 엄마의 오랜 친구들, 평생을 알고 지낸 동네 주민들과 주변 상인들까지 엄마를 아는 분들은 다 오신 것 같았다.

장례식 이튿날이 되었다. 그날은 입관식을 했다. 하얀 수의를 입은 엄마는 곤히 잠들어있었다. 가지런히 머리를 빗고 화장까지 곱게 한 엄마의 얼굴은 살아생전의 모습과 똑같았다. 금방이라도 하품을 하면서 잠에서 깨어날 것 같았다. 이어서 염을 하고 입관식을 치르고 제사를 지냈다. 입관을 마친 뒤, 가족들은 완장을 차거나 머리에 리본을 꽂았다. 장례를 도와주는 상조회사 직원이 장례 절차를 도맡아주셔서 모든 과정은 순조롭게 진행되었다. 그리고 또 밥을 먹었다.

밤이 되었다. 그날은 밤새 향초가 꺼지지 않도록 엄마를 지켜야 했다. 내가 엄마 옆에 있겠다고, 모두 내일 있을 발인을 위해 조금이라도 자두라고 했다. 나는 가족들을 방으로 들여보내고 엄마 영정사진이 잘 보이는 곳에 슬며시 누웠다. 이틀 내내 정신없이 장례를 치르느라 피곤할 법도 한데 잠은 오지 않았다. 시끌벅적했던 이곳에 고요하고 차분한 밤이 오니 엄마랑 단둘이 있는 것 같은 기분이 들었다. 난 엄마 사진을 한참 쳐다보며 중얼거렸다.

"엄마, 이제 안 와? 진짜 못 오는 거야?"

지금이라도 저 문밖 어딘가에서 "소라야!" 하고 엄마가 들어올 것 같았다. '믿기 힘든 신기한 일들을 보여주는 TV 프로그램을 보면, 죽었던 사람이 갑자기 장례식에서 살아나기도 하던데 우리 엄마도 혹시 그러지 않을까?' 이런 생각까지 하며 끝까지 기적을 바랐다. 엄마에게 기적이 있을 거라고 믿었다. 하지만 역시나, 엄마에게 기적은 없었다.

장례식 마지막 날 새벽이 되었다. 장례식장 정산과 짐

정리를 마치고 발인을 준비해서 화장터로 향했다. 그때가 7월 4일 새벽 5시쯤이었다. 화장터는 세종시에 있는 한 추모공원이었다. 화장장에 도착하니 화장터 화면에 엄마 이름이 보였다. 우리는 엄마가 화로에 들어가기 전, 마지막 인사를 했다. 엄마가 많이 뜨거워할 텐데, 걱정이 됐다. 빨리 끝나길 바랐다. 1시간 뒤, 엄마의 화장을 맡아주신 분이 우리를 불렀다.

"이건 어떻게 하면 좋을까요?"

"버려주세요."

엄마 쇄골쯤에 박혀있던 케모포트*가 나왔다. 엄마를 아프게 했던 것들은 병원에서 다 제거한 줄 알았는데, 그래서 이제는 머리부터 발끝까지 오롯이 엄마만 남은 줄 알았는데… 케모포트가 덩그러니 타지 않고 남아있었다.

화장이 끝나고, 작고 아담해진 엄마와 구례 별장으로 향했다. 꽃과 나무, 나비와 새, 산과 바람이 있는 곳. 엄마가 그토록 바라던 곳으로 함께 왔다. 구례 별장은 항암치료를 받는 중에도 자주 와서 쉬다 가신 곳이고, 친구들을 불러서

* 항암제를 안전하게 맞기 위해 몸에 삽입하는 기구다.

놀며 휴식을 갖기도 한 장소로 여기저기 엄마의 손길과 추억이 많이 묻어있는 별장이다. 생전에 이곳을 참 좋아하시더니, 결국 엄마는 마지막에 이곳으로 돌아왔다. 우리는 별장 뒷마당에 엄마를 모셨다.

"내가 있는 곳을 예쁜 꽃밭으로 꾸며줘."

엄마의 유언 중 하나였다. 평소 꽃을 좋아하던 엄마는 당신이 세상을 떠나도 꽃밭이 있는 곳에 있게 해달라고 말했다. 그것이 우리가 수목장을 하게 된 이유다. 우리는 정성스레 흙을 파고 엄마가 편안히 계실 수 있게 땅을 평평하게 다진 뒤, 꽃보다 예쁜 엄마를 그곳에 심었다. 비옥한 땅에, 적당한 볕이 드는 자리였다. 도시의 소음 대신, 새가 노래 부르는 소리가 들리고 바람도 살랑살랑 부는 곳이었다. 낮에는 햇볕이 따스하고 밤에는 별빛이 가득한, 그 어디보다도 하늘과 가까운 곳이었다. 엄마 주변을 풀과 꽃 그리고 소나무가 둘러쌌다. 엄마의 시선에서 보면 하늘과 맞닿은 지리산이 병풍처럼 한눈에 보이는 자리였다.

우리 엄마는 그렇게 꽃놀이 여행을 떠났다.

아프지 않은

곳에서

편히 쉬어요

현 숙 아 ,

안 녕

사 랑 해 .

에필로그

꽃처럼 예쁜
우리 현숙 씨에 대하여

착하고 예쁜 바보 엄마,
우리 현숙 씨를 소개합니다
엄마의 가장 아름답던 시절

결혼 전, 아빠는 엄마에게 자신의 삶에서 가장 중요한 것은 '부모', '형제' 그리고 '당신'이라고 말했다. 내 생각에는 부모를 잘 섬기고 시동생들을 잘 챙기면, 우리 가족을 굶기지 않고 지켜나가겠다는 뜻이었던 것 같다. 그 말을 들은 엄마는 "한번 해보겠다."라고 대답했다. 어린 나이에 그게 얼마나 힘든 일인 줄 엄마는 몰랐던 것 같다.

엄마는 초등학생 때 강원도에서 서울로 왔고, 경제적으로 넉넉하지 못한 환경에서 자랐다고 했다. 그런데 왜 자신과 비슷한 환경의 남자를 만나 결혼을 결심하게 되었을까? 조금 더 나은 사람과 결혼하면 더 좋지 않았을까? 나는 항상 의문이 들었다.

'혹시 나 때문이었을까?'

.

.

.

'나를 가졌기 때문에…?'

신혼 초, "남편에 시동생들까지 밥해 먹이고 빨래하고, 힘들지도 않니?"라고 묻는 외할머니에게 엄마는 "우리 가족 밥상에 숟가락 몇 개만 더 올리면 돼."라고 대답했다고 한다. 나는 그 이야기를 듣고 "엄마, 진짜 바보다 바보."라고 했다.

그렇다.
우리 엄마는 착하고 예쁜 바보 엄마, 강현숙이다.

끼니마다 새 밥, 새 국, 새 반찬이 있어야 식사를 했던 아빠에게, 그리고 가족들에게 엄마는 평생 몇 끼의 식사를 차려줬을까? 그렇게 살다 보니 시동생들은 모두 각자의 가족이 생겼고, 엄마와 아빠는 아이 셋의 부모가 되어있었다.

엄마는 비 오는 날 꽃놀이 여행을 떠났다

그 아이들은 어릴 때는 엄마를 "엄마."라고 불렀지만, 다 커서는 "현숙 씨."라고 부르는 걸 더 좋아했다. 현숙 씨는 우리의 친구였고, 언니였고, 누나였고, 인생 선배였다가, 동생 같기도 했다가, 어떤 날은 천진난만한 아이 같기도 했다.

엄마는 평생 희생하며 살았다. 가족들이 각자의 자리에서 주어진 일을 해낼 수 있었던 것은 모두 엄마의 희생과 헌신 덕분이었다. 항상 묵묵하게 자신의 자리를 지키는 엄마가 있었기 때문에, 가족 모두가 잘 성장할 수 있었고 서로서로 돈독하게 지낼 수 있었다.

1990년 6월 19일은 첫째 딸인 내가 태어난 날이다. 부모님의 결혼기념일은 약 5개월 뒤인 1990년 11월 10일이다. 부모님은 서울 혜화동의 한 결혼식장에서 결혼했다고 한다. 나는 초등학생 때 엄마, 아빠의 결혼식 사진 속 날짜를 보고 내가 주워온 자식인 줄 알았다. 중학생 때까지도 그렇게 생각했다.

엄마와 아빠는 나를 낳고 결혼할 수밖에 없었다고 했다. 엄마와 아빠는 어렸고, 가난했다. 아빠의 월급은 18만 원. 데이트다운 데이트는 물론이고 밥 한 끼 먹을 돈도, 커피 한 잔 마실 돈도 없었다. 둘은 혜화동 마로니에 공원에서 산책하는 데이트를 자주 했다. 돈이 없으니 산책하는 것이 가장 좋은 데이트 방법이었고, 다리가 아프면 자판기 커피를 한 잔 뽑아 둘이 나눠마셨다. 목마르고, 배고프고, 부족한 데이트였지만 커피 한 잔을 한 입씩 나눠마시며 도란도란 나눴던 둘의 대화는 당시 그 어떤 연인의 대화보다 달콤했으리라 생각한다.

048

□

아빠와 연애하던 시절,
가장 기억에 남는 사건이 있나요?

*Mommy, is there something in particular
you remember while dating daddy?*

A.

당연이 있지요. 우리의 글이을

미리 서장에 받어주고 나서

결혼 식을 올린것 입니다.

이연 큰 사건이 어디 있겠어요 ...

Date. 20 21 · 5 · 10

부부가 마음을 합하여 집을 갖는 것만큼 훌륭한 일은 없다.
호메로스 (Homerés)

엄마와 아빠는 어떻게 만났을까?

엄마와 아빠의 로맨스

둘은 서울 동대문에 위치한 의류 부자재를 다루는 공장에서 처음 만났다고 했다. 아빠가 먼저 일을 시작했고 이후 엄마는 친한 친구인 금숙이 이모로부터 소개받아 입사하게 되었다. 당시 아빠는 공장의 책임자였고, 엄마는 사무직 일을 했다. 그래서 같은 회사였어도 아빠는 공장에서, 엄마는 동대문 동화시장에서 일을 하고 있었기 때문에 서로 만날 일이 없었다고 한다.

그러다가 1988년 4월의 어느 날. 두 분은 처음 만나게 된다. 그날은 회사에서 야유회를 가는 날이었다. 야리야리한 외모에 화장기 없는 얼굴, 청순하면서도 성격은 발랄했던 엄마는 회사 사람들에게 인기가 많았다. 나중에 들으니, 엄마를 애인으로 만들고 싶어 하는 경쟁 상대도 많았다고 했다. 아빠는 엄마를 처음 보자마자 '저 여자는 내 거다!' 하고 이미 마음속으로 찜해두었다고 했다. 그때부터 아빠는 공장에서 사무실로 눈도장을 찍으러 수없이 왔다 갔다 했다.

훗날 동생 아저씨(아빠의 동생이라서 엄마가 그렇게 불렀다고 한다. 현재 나의 작은 아빠)로부터 들은 건데, 엄마를 형수로 만들기 위한 결정적인 계획은 '으리으리한 기와집 앞에서 찍은 할아버지, 할머니 사진'이었다고 한다.

"저희는 매실 농장이 있어서 매실도 따러 가고요~"라고 시작한 작은 아빠의 유창한 말솜씨에 기와집 앞에서 찍은 할아버지, 할머니의 사진까지 보고 나니, 엄마는 '이 정도면 시집가도 고생은 안 하겠다' 생각했다고 한다. 으리으리한 기와집에 살면서 매실 농장까지 있는 시댁이라고 생각한 것이다. 나중에 알게 된 사실이지만, 그 집은 할머니의 친척집이었다고 한다.

　　사진 속 기와집이 시댁이라고 생각했던 엄마는 나중에야 그 실상을 알게 되었지만 이미 때는 늦었다. 둘은 많이 사랑했고, 정들었으며, 결혼까지 결심했다. 엄마가 아빠를 데리고 외할머니에게 결혼 허락을 받으러 간 날이었다.

　　"고집도 세 보이고 가난해서 안 돼."

　　외할머니는 처음부터 아빠를 반대했다고 했다(훗날 나는 할머니에게 왜 더 똑 부러지게 뜯어말리지 못했냐고 항상 말했다). 아빠는 엄마의 집 앞에서 2박 3일을 기다리며 허락을 구했다. 밤에는 상자를 이불 삼아 덮고, 대문에 기대서 새우잠을 잤다. 그래도 외할머니는 뜻을 굽히지 않으셨다. 아빠 역시 하루도 아니고, 사흘이나 집 밖에 서서 결혼 승낙

을 기다리다가 결국은 '에이! 결혼 안 하련다!' 생각하며 뒤
돌아섰다. 그런데 그 순간, 엄마가 양말도 없이 슬리퍼만
달랑 신은 채 뛰어나왔다.

"같이 살아요."

집에서 도망 나온 엄마는 아빠와 함께 창신동 어느 낡
은 집에 세를 들어 신혼살림을 시작했다. 부엌다운 부엌도
없고, 물도 집주인과 나눠 써야 했던 보증금 300만 원에 월
세 8만 원짜리 신혼집이었다. 1990년 6월 19일, 내가 태어
난 후에야 외할머니는 아빠를 사위로 허락하셨고, 그제야
장롱과 이불 등의 혼수를 해주셨다고 했다.

066

□

연애시절, 엄마가 아빠를 더 좋아했나요, 아빠가 엄마를 더 좋아했나요?

*Mommy, who liked the other more
when daddy and you were dating?*

A. 글쎄요. 솔백도 서로 마주쳐야
소리가 난다고 하지만. 아무래도
추현무님께서 더 좋아했을거라
방각이 듭니다. ....

Date. 20 21. 5. 3

건물주가 된 현숙 씨

행복한 우리 집

아빠는 매일 부지런히 일한 돈을 모아서 '신흥라벨'이라는 이름의 공장을 세웠다. 그 이후 우리 가족의 생활은 조금씩 여유로워졌다. 그사이 내게는 두 살 터울의 남동생 선철이가 생겼고 우리 가족은 창신동에서 보문동으로 이사했다. 이사한 집은 방 두 칸과 화장실 한 칸, 부엌이 있는 반지하 집이었다. 유치원에 다니던 시절인데도 생생하게 기억이 난다. 넓은 방에서는 우리 네 가족이 지냈고, 그보다 작은 방에서는 삼촌 셋이 지냈다. 총 일곱 식구가 좁은 집에 옹기종기 모여 살았다. 엄마는 그 집에서 참 많은 일을 해냈다. 매일 공장에서 일하면서 일곱 식구의 밥도 차리고, 나중에는 삼촌 셋을 장가도 보냈다. 아빠는 아빠로서,

엄마는 엄마로서 아주 열심히 살았을 것이다.

얼마 후, 우리 가족은 3층짜리 집으로 이사했다. 엄마, 아빠의 목표는 오직 하나였다. 물이 잘 나오며 욕조가 있는 화장실이 있고, 아이들에게 방을 하나씩 줄 수 있는 집을 장만하는 것. 그리고 "이제 나가주세요.", "이사 가세요."라는 말을 듣지 않고 사는 것. 그 목표 하나를 이루기 위해 부부는 앞만 보고 달렸다.

이후 나보다 여섯 살 어린 여동생, 막내 유라가 태어났고 우리 가족은 더 큰 집으로 이사를 했다. 하지만 경제적 상황에 따라 결국 다시 3층 집으로 돌아왔다. 그 뒤로 우리는 지금까지 그 집에 살고 있다. 몇 년 전 재건축을 해서 지금은 6층짜리 건물이 되었다.

엄마와 아빠는 이 모든 걸 10년 안에 다 이뤄냈다. 지금 생각해보면 '얼마나 힘들고 서러웠을까, 얼마나 많은 눈물을 참으며 살아왔을까' 싶다. 지금 30대 초반인 나도 세상살이가 만만치 않다는 것을 여전히 알아가는 중이고, 사회가 녹록지 않음을 매 순간 느끼고 있는데, 당시 20대였던 젊은 부부의 삶은 얼마나 고단했을까?

엄마와 가끔 옛날이야기를 하면, 그 끝은 '큰 딸인 너에게 항상 미안했다'고 끝났다. 가난했기 때문에 양껏 먹이지 못했던 분유도, 부모가 처음이라 서툴렀던 육아도 전부다 미안하다고 했다.

하지만 이제라도 나는 엄마에게 말해주고 싶다. 우리는 괜찮다고. 우리는 늘 엄마의 사랑 안에서 따뜻했던 기억만 나고, 엄마의 넓은 품이 우리를 보호해준 기억만 난다고. 그러니 엄마도 더 이상 미안해하지 말라고….

- 이름 강 현숙
- 한자. 姜賢淑
- 생년월일 1966년 11월 5일
- 혈액형 □ A □ B ☑ AB □ O
- 몸무게/키 (49) kg (160) cm
- 신발사이즈 (240) mm
- 콤플렉스 에라 모르겠다
- 본적 or 고향 강원도 화천
- 직업 주부 (건물주 ㅋㅋ)
- 종교 불교
- 결혼기념일 1992년 11월 10일

선물을 두고 간 현숙 씨

끝까지 착하고 예쁜 우리 엄마

엄마가 떠나고 난 뒤에는 감정들을 꾹꾹 정리하면서 엄마 유품도 하나씩 하나씩 정리했다. 제일 먼저 그동안 엄마가 사용했던 의료 용품들이 눈에 보였다. 그중 장루 용품, 의료용 반창고, 소변 위생 패드, 다리 마사지 기기 등은 혹시나 엄마와 같은 상황에 놓인 다른 분들에게 필요할까 싶어서 카페나 블로그를 통해 무료 나눔을 하기 시작했다.

댓글이나 쪽지로 사용방법에 대해 묻는 보호자들이 많아졌고, 나는 사용방법 외에도 엄마를 간호하면서 알게 된 정보들도 열심히 적어 답장을 했다. 그 외에도 엄마의 증상, 항암제, 부작용 등 투병일지와 더불어 보호자가 알아

두면 좋을 정보들은 블로그에 포스팅했다. 엄마를 간호하며 크고 작은 어려움을 만났을 때, 어찌해야 할지 몰라서 고민했던 지난날의 내가 생각났기 때문이다. '이 보호 크림은 엄마에게 잘 맞을까? 혹시 부작용은 없을까?' 작은 것을 사더라도 하나하나 시간을 들여서 알아봐야 했다. 그럴 때 좀 더 많은 정보가 있었더라면 덜 당황하고, 시간도 아낄 수 있었을 텐데… 하며 머릿속에 있었던 내용들을 조금씩 써내려가기 시작했다.

나는 의사와 간호사처럼 아픈 곳을 실질적으로 치료하고 낫게 해줄 수는 없지만 그들과는 다른 방법으로 도움이 되고 싶었다. 또 엄마가 남기고 간 용품들을 나눔으로써 조금이라도 그들에게 도움이 되었으면 했다.

아마 엄마가 아프지 않았더라면 알지 못했을 마음이다. 엄마는 끝까지 나에게 큰 가르침을 주고 떠났다.

이 책을 쓸 기회를 준 것이 엄마의 마지막 선물이라고 생각한다. 나뿐만 아니라 엄마에게도 이 책이 선물이 되기를 간절히 바란다.

말기암 보호자 일기

대장암 직장암 장루용품 나눔합니다.

 추소라   2021. 7. 22. 13:30

안녕하세요.

대장암, 직장암 환자분들 포함
그 외 장루 용품이 필요한 분들에게
장루 용품 나눔을 하려고 합니다!
암 환우 카페에서 1번 나눔했었는데요.
옷 정리하다가 2박스씩 더 찾았어요!
나눔하겠습니다!!

넘버 잘 확인하신 후 꼭 필요하신 분만 댓글 주세요.

얼비툭스 항암 후 피부트러블 및 건조증에 도움이 되는
크림, 비누(Soap) 나눔 아직 유효합니다!!
http://naver.me/F1yBhR1

댓글 또는 쪽지 주세요.

부치지 못한 편지
< 사랑하는 현숙아 >
이 책을 마무리하며

안녕, 우리 현숙 씨.

잘 잤어? 오늘은 우리 뭐하고 놀까?

아침에 눈을 뜨면 하던 말이었지. 이제는 마음속으로 엄마의 안부를 묻곤 해.

엄마, 가을, 겨울, 봄이 지나고 다시 여름. 벌써 엄마가 여행을 떠난 지 1년이 넘었어. 이렇게 시간은 계속 흐를 거야. 시간이 흐르다 보면 언젠간 내 나이가 엄마와 같아지겠지. 그땐 거울을 보면 분명 나는 엄마와 닮아있을 거야. 또 그때쯤이면 나 또한 누군가의 엄마가 되어있을지 몰라.

나도 현숙 씨처럼 멋진 엄마가 될 수 있을까?

요즘엔 엄마랑 전화하는 애들을 보면 그렇게 부러워. 부러워하다 문득 내가 엄마가 되었을 땐 누구한테 전화해서 모르는 걸 물어보고, 힘든 걸 하소연해야 하나… 걱정하곤 해.

　엄마가 지켜보다가 가끔 꿈에서라도 조언을 해줄래? 다 큰 어른 같아도 나는 여전히 엄마가 필요한 것 같아.

　아, 엄마! 엄마를 위해 내가 깜짝 선물을 준비했어. 책을 쓰게 되었어. 어때? 마음에 들어?

　분명 장하다고 했을 거야. 내 딸이지만 대단하다고 했을 거야. 내가 하는 일에 항상 응원을 아끼지 않았으니까.

　그래서 나도 엄마를 응원해. 우리랑 너무 짧게 있어서 아쉬웠지만, 이제 강현숙이라는 이름으로 더욱 멋지게 지내길 응원할게.

　하고 싶은 말이 너무 많아서 이 편지에 다 담을 순 없지만, 엄마가 나의 엄마여서 너무 행복했고 재밌었어. 사랑하고 우리 또 만나자. 엄마의 앞으로의 밤은 별일 없이 편안한 밤이 되길 바라. 사랑해.

안녕, 우리 현숙씨.

잘 잤어? 오늘은 우리 뭐하고 놀까?

아침이면 우리가 늘 하던 말이지.

이제는 마음 속으로 엄마의 안부를 묻곤 해.

엄마, 가을, 겨울, 봄이 지나고 다시 여름이 왔어.

벌써 엄마가 여행을 떠난 지 1년이 넘었네.

이렇게 시간은 계속 흐를거야. 시간이 흐르다 보면

언젠간 내 나이가 엄마와 같아지겠지. 거울을 보면

분명 나는 엄마와 닮아 있을 거야. 그 때 우리

배꼽 빠지게 웃어보자. 그때쯤이면 나 또한 누군가의

엄마가 되어있을 지 몰라.

현숙씨처럼 멋진 엄마가 될 수 있을까?

엄마는 늘 내게 친구같고 언니같고 동생같고

또 든든한 엄마였어. 엄마도 엄마가 나도 딸이

이번 생애 처음이라 서로 부족했겠지만, 이 정도면

충분해. 그렇지? 다만, 할머니가 되어 손주를 보는

엄마를 볼 수 없어서 아쉬워.

나는 또, 내가 엄마가 되었을 때 누구에게 전화를

걸어 물어봐야하는 걱정을 벌써부터 해보곤 해.

지켜보다가 가끔 꿈에서라도 조언해주겠어?

다 큰 어른이 되었어도 엄마는 늘 필요한 것 같아

음... 엄마! 내가 엄마를 위해 깜짝 선물을
준비했어. 책을 쓰게 되었어. 어때? 마음에 들어?
분명 장하다고, 내 딸이지만 대단하다고 했을거야.
내가 하는 일에 항상 응원을 아끼지 않았으니까.

그래서 나도 엄마를 응원해.
우리랑 너무 짧은 시간을 함께 했지만.
이제는 강현숙으로는 여름주 더욱 멋지게 지내길 응원할게.
하고 싶은 말이 너무 많아서 이 편지에 담을 순
없지만. 엄마가 나의 엄마여서 너무 행복하고.
재미있었어. 사랑하고 우리 또 만나자.
앞으로의 밤은 별 일없이 푹 잘자길 바래.

  사랑해 ♥

엄마는 비 오는 날 꽃놀이 여행을 떠났다

나는 이 책이 당신의 자책과 후회를 줄이는 데 도움이 되길 바란다.

엄마가 항암치료를 하는 날 병원에 가면, 혼자인 환자들도 있고 가족 보호자와 함께 온 환자들도 있었다. 짜증과 불만 섞인 보호자를 보고 있자면 등짝 한 대를 딱 때려주고 싶은 심정이었다. 이 책에 몇 번이고 당부하는 메시지이다. 환자의 마음을 불편하게 하지 말 것.

그러기 위해선 보호자가 건강해야 한다. 항상 긍정적인 에너지를 가질 수 있는 나만의 방법을 찾길 바란다. 끝으로 환자와 보호자가 치료와 요양에 힘쓸 수 있도록 가족

외 타인의 경우 그들을 배려한 응원 정도가 적당하다.

흔히 겪는 상황이 아니라서 서툴 수 있다. 나도 그러했
다. 시간이 지나면서 괜찮아지고 정리되는 것들이 있고 그
렇지 않은 것들도 있다. 당신이 이 책을 어떠한 시점의 상
황에서 만났을지 모르겠지만, 그 상황에 놓였던 나를 보며
방법을 찾거나 위로가 되었으면 좋겠다.

끝으로, 이 책을 쓸 수 있도록 기회를 준 엄마에게 감
사하고 그동안 엄마와 우리의 든든한 울타리가 되어준 아
빠에게 박수를 드리고 싶다. 또, 나만의 새로운 가족이자
엄마에게는 큰아들이 되어준 나의 남편 김동영 씨에게도
고맙다는 인사를 전한다. 더 나아가 한마음 한뜻으로 엄마
의 건강을 염려하고 마지막을 아쉬워하며 그 끝을 함께했
던 추씨네 가족과 강씨네 가족에게 이 책을 빌어 감사인사
를 드리고 싶다. 또, 엄마와 여행을 통해 희로애락을 함께
한 힐링여행메이트 '리산애여행모임', 타지 사람이라고 배
척하지 않고 항상 따뜻하게 엄마를 응원해주고 살펴주셨
던 구례 이웃분들, 서울에 있는 가족들을 대신하여 항상 챙
겨주고 아껴주셔서 감사합니다.

자신의 가족 일인 것처럼 응원을 아끼지 않고 마치 자신이 아픈 것처럼 함께 울고 웃어주셨던 모든 분들에게 감사합니다.

사랑하는

사람의

인생이

저물어갈 때

우 리 는

그   인 생 을

더   힘 껏

사 랑 하 자 .

부록

저 자 가 생 각 하 는
암 환 자 와 보 호 자 를 위 한 팁

현재 사랑하는 사람이 암으로 투병하고 있다면, 보호자가 환자의 병에 대해 파악하는 것이 가장 우선이다. 만약 엄마가 투병하던 때로 다시 돌아간다면, 나는 더욱 적극적으로 엄마의 치료에 관여하고 항암치료 시 항상 동행할 것이다. 불안함으로 판단이 흐려진 환자를 대신해 보호자의 적극적인 정보 수집은 매우 중요하다. 의료진에게 구체적인 치료 계획과 방향, 항암제에 대해 자세히 물어보아야 한다. 또한, 암이 발생한 부위만 치료하는 것이 아니라 그 부위와 밀접한 다른 장기(엄마의 경우 신장, 대장, 자궁 등)도 꾸준히 검사하여 전이가 되지 않았는지, 상태가 어떤지 면밀히 지켜볼 것을 권유한다. 또한 심리적으로 힘들 환자를 위해 긍정적인 태도로 환자를 대하는 것도 매우 중요하다.

끝으로 내가 적은 팁들이 모든 암 환자에게 적합한 방법은 아니다. 엄마의 고통을 줄이고, 처방약으로 해결할 수 없는 부분을 보완하고자 개인적으로 방법을 모색한 것뿐이다. 환자마다 도움이 되는 보조제품이 다르기에 환자에게 잘 맞는 방법을 찾기를 권한다. 물론 의료진과의 상담을 통해 전문적인 도움을 받는 것이 가장 좋다고 생각한다.

대학병원 진료

대학병원에서 의사 선생님과 이야기 나눌 수 있는 시간은 3분에서 길어야 5분 정도이다. 진료 전 보호자가 준비해갈 것들에 대해 몇 가지 나누고자 한다.

① 펜, 수첩 등 메모할 것을 챙기고 질문을 미리 기록해 간다. 머릿속으로 생각해뒀던 질문들이 갑자기 기억이 안 날 수 있다.

② 그동안 나타났던 증상들을 정리해둔다. 약을 복용했거나, 수술 후 달라진 점, 구토, 발열, 손발 저림, 소화 장애 등 사소한 것이라도 자세하게 체크해두었다가 진료받을 때 말씀드린다. 병원에도 잘 안내가 되어있지만 막상 표현하려고 하면 어려울 수 있다. 막연하게 '배가 아프다'보다는 '어떤 약을 먹고 예전에는 1에서 10의 강도 중에 3 정도 아팠다가 괜찮아졌는데, 이번에는 5 정도로 아팠다' 등 자세하게 표현하는 것이 좋다.

③ 병원을 전원할 때는 이전 병원에서의 모든 기록을 받아놓는다. 병원마다 제출해야 할 자료가 상이하기 때문에 전원할 병원

에 반드시 미리 문의하는 것이 좋다. 보통 수술 기록, 피검사 결과지,
MRI, 엑스레이, CT 검사 등의 기록을 지참해서 갔다.

장루와의 전쟁

장루를 교체했을 때

보통 4~5일에 한 번씩 식전에 교환했다. 처음에는 불편감이 느껴지거나(피부 보호판의 구멍을 잘못 오렸거나, 부착제가 떼어지는 경우가 잦았다) 묵직한 느낌이 들면 교환했다. 차츰 적응하면서 교환 시 소요되는 시간과 교환 주기도 루틴이 잡혔다.

점점 피부가 약해질 때

'브라바 베리어 크림'과 '브라바 리무버 스프레이'를 적극 활용했다. 탈부착이 잦아지면서 피부가 약해져서 따가워했고 상처가 생기거나, 심한 경우는 피가 날 때도 있었다. 암 환자는 상처가 나면 낫는 속도도 더디고, 상처로 세균이 들어가지 않게 조심해야 한다. 그래서 예방이 중요하다고 생각했다. 베리어 크림은 10원짜리 크기만큼 짜서 고루 발라주었고, 잘 흡수될 수 있도록 부채질도 잊지 않았다. 피부 보호판을 제거할 때는 자극을 줄이기 위해 브라바 리무버 스프레이를 듬뿍 뿌린 후 살살 떼어냈다. 정기적으로 제공해주는 장루 용품 외에 브라바 리무버 스프레이 같은 경우는 인터넷에서 추가로 구매해서 구비해두었다.

피부에 상처가 났을 때

피부에 상처가 났을 때는 상처에 아주 얇게 분말형 연고를 뿌려주고, '콘바텍 아쿠아셀 상처 드레싱'을 상처에 맞게 잘라 그 위에 덮어준다(이런 경우, 병원 의료진에게 꼭 알리는 것이 중요하다. 장루 전담 간호사로부터 많은 정보를 얻을 수 있고, 그동안 잘못 알고 있었던 교체 방법에 대한 피드백도 들을 수 있다).

위생에 신경 쓰자

엄마가 병원에 입원했을 당시 의료진 앞에서 장루를 교체한 적이 있었다. 그때 주의할 점에 대해 알려주셨는데, '위생 장갑을 착용할 것'과 '입으로 호 불지 말 것'이었다. 암 환자의 경우, 면역력이 약하기 때문에 위생 장갑을 착용하는 등의 위생에 신경 써야 한다. 베리어 크림이나 연고를 바를 때 잘 마를 수 있도록 입으로 호~ 하고 불었는데, 혹시 모를 입속 세균을 막기 위해, 부채질을 해주는 것이 좋다고 조언하셨다.

장루 교체 시 소소한 나만의 팁

① 피부 보호판을 미리 오려서 준비하기

아직 손이 서툴 때, 피부 보호판을 제거하고 새 피부 보호판을 오렸다. 그사이 분비물이 나오면 또 닦아내야 하기 때문에 신속한

부착을 위해 피부 보호판을 미리 오려두었다가 사용했다.

    ② 피부 보호판 뒷면 종이는 버리지 않기

    피부 보호판 뒷면 종이를 샘플로 가지고 있으면 좋다. 현재 장루 크기에 적당한 사이즈를 잘 찾았다면 버리지 말고 가지고 있다가, 다음번 교체할 때 그 샘플을 겹쳐서 자르면 손쉽게 준비할 수 있다.

    ③ 보조 용품을 적극 활용하기

    아무래도 배변 주머니가 몸 밖으로 나와 있기 때문에 특히 여름에는 냄새 고민이 많았다. 미약하더라도 도움이 되기 위해 '콘바텍 다이아몬드 냄새 제거제'를 한 포씩 배변 주머니에 넣어두었다. 브라바 베리어 크림과 리무버 스프레이는 있으면 정말 유용하다.

    ④ 환자에게 웃음을 보여주기

    환자는 보호자가 아무리 가족이어도 장루 교체를 부탁할 때는 미안한 마음이 든다. 미안함이 들지 않도록 웃으며 도와주자. 장루로 인한 불편함까지는 보호자가 해소해줄 수 없지만 심리적으로 불편한 마음이 들지 않게 최대한 도와주는 것이 좋다.

⑤ 장루, 케모포트 부착 테이프 제거하기

장루나 케모포트에 부착한 테이프 찌꺼기는 물이나 샤워타월로 문질러도 제거가 어렵다. 잘 제거된다고 해도 환자는 점점 피부가 약해진다. 그럴 때 나는 면봉에 토너를 묻혀 빙글빙글 돌리듯이 닦아내 주었다. 큰 자극이 아니기 때문에 피부가 많이 상하지 않게 찌꺼기를 제거할 수 있다. 또는 브라바 리무버 스프레이를 적극 활용하면 테이프 찌꺼기가 거의 남지 않게 제거할 수 있다. 테이프 찌꺼기가 환자의 피부를 건조하게 만들거나 상하게 할 수도 있다고 해서 항암치료를 하러 갈 때마다 간호사분들께서 팁으로 종종 말씀해주셨다.

항암 후유증

엄마의 항암 후유증으로는 구토, 피부 건조증, 손/발톱 피부색 변화가 있었다. 새롭게 추가된 부작용은 탈모였다.

① 구토

외래 진료 시 증상을 말씀드리면 구토 방지제를 따로 처방해주셨다. 일반적으로 울렁거리고 헛구역질을 할 경우 구토 방지를 위해 구토방지지압밴드를 많이 사용하는데, 엄마는 임산부들에게 조금 더 익숙한 '릴리프밴드'* 제품을 이용했다.

② 피부 건조증

바셀린 또는 포포크림, 알코올이 들지 않은 100% 알로에 크림 등을 사용하며 가려움증이나 피부 갈라짐을 예방했다.

③ 손/발톱 관리

암 환자용 손톱 강화제를 주기적으로 발라서 손톱과 발톱이 갈

---

* http://item.gmarket.co.kr/Item?goodscode=202392031

라지고 부러지는 것을 예방하기 위해 노력했다.

④ 탈모

항암 후유증으로 인한 탈모 증상은 막지 못했지만, 두피 보습제 (미스트) 등을 활용해서 두피의 건조함을 예방했다. 그 외에도 항암 환자들도 사용 가능한 순한 성분의 샴푸, 바디워시, 비누, 치약 화장품 등을 썼다.

직장암 발현 증상과 대응

대부분 환자가 같은 증상을 보이는 것은 아니다. 아래의 증상의 경우는 비 의료인의 시각에서 지극히 모친 위주로 작성되었음을 명시한다.

섬망[*]

증상: 본인의 의지와는 다르게 말이 나오거나 악몽을 꾸었다. 꿈과 현실을 구분하기 어려워하는 등의 행동 양상을 보였다. 또는 누가 자신을 계속 쳐다보고 있는 느낌을 받는다거나, 낮과 밤을 구분하는 것에 어려움이 있어 보였다.

대응: "갑자기 왜 그래?" 하면서 놀라거나, "그러지 마!", "안 돼" 등의 다그침보다는 상황을 그대로 받아들여 주는 것이 어떨까? 말로 표현하는 것이 어렵다면 손을 꼭 잡아준다거나 안아주면서 환자에게 정서적인 안정감을 주는 것도 도움이 될 것이다.

[*] 참고 이미지: https://image.aladin.co.kr/product/22177/16/letslook/S622636509_t16.jpg

욕창

증상: 한 자세로 오랫동안 눕거나 앉아있으면 몸의 어느 부위든 압박이 가해지고, 혈액순환이 잘 안 되어 조직이 죽고 궤양이 발생한다. 그것을 욕창이라고 하는데, 욕창 방지를 위해서는 환자의 자세를 자주 바꿔주어야 한다. 엄마의 경우는 카테터, PCN, PCD 등의료 보조 기구들이 많아지면서 자세를 바꾸는 것이 어려웠다. 욕창은 한 번 발생하면 치료가 어려웠다. 몸이 점점 쇠약해지고 영양상태도 불균형하기 때문에 상처 회복 속도가 더딘 듯 보였다. 욕창은 예방이 가장 중요하다.

대응: 자세를 자주 바꿔주는 것이 가장 좋다. 뼈가 튀어나온 몸의 부위는 바닥에 눌리지 않고 보존하기 위해 욕창 매트나 베개, 스티로폼 패드 등을 이용하여 환자의 자세를 유지시켜주는 것이 좋다. 그런데도 욕창이 진행되었다면 의료진의 도움을 적극적으로 받아야 한다. 엄마의 경우 욕창으로 진행되기 전, 상처가 발생할 때 폭신폭신한 소재의 '알레빈 접착성 폼 드레싱'을 상처 부위에 붙여주었다.

소변

증상: 거동이 가능할 때는 화장실에서 소변보는 것이 가능했고

그다음에는 간이 소변 통에서 소변을 보았다. 그 이후에는 소변 위생 패드를 사용하였고 추후에는 소변 배출 통로가 폐쇄되면서 소변 줄(유치도뇨관/Foley catheter)을 해야 했다.

대응: 요실금 패드, 면 생리대, 생리 팬티 등 다양한 방법을 적용해보았지만, 다리 부종으로 인해 교체가 힘들어지고 환자도 불편해했다. 마지막 방법은 소변 위생 패드였다. 한 번에 1장씩 침대에 깔면 교체할 때마다 패드를 빼고 넣기가 쉽지 않다. 가능하다면 5~7장을 깔아놓고 교체 시 1장씩 빼기만 하면 환자도 불편함을 덜 느끼고, 보호자도 케어하기에 조금 수월하다. 추후 소변의 양을 잴 때는 마련된 전자저울에 먼저 소변 위생 패드 무게를 재고 소변이 묻은 패드의 무게를 재서 그 차를 계산하면 소변의 무게*를 알 수 있다. 그 숫자를 적으면 된다.

부종

증상: 영양 부족 상태로 간에도 이상이 생기고 저알부민혈증으로 인한 부종도 생겼다. 복수가 차는 증상도 나타났다. 코끼리 다리처럼 다리가 많이 붓고 피부도 텄다.

* (소변이 묻은 위생 패드 무게) − (소변 위생 패드 무게) = 소변의 무게

대응: 의료진에게 요청하면 의료용 압박 스타킹을 처방해준다. 매일 아침 피부를 닦고, 알로에 또는 로션을 발라준 뒤 압박 스타킹을 착용했다. 그리고 밤에 잘 때만 잠시 압박 스타킹을 벗고 다음 날 아침 다시 착용하는 루틴을 지켰다.

직장암 환자 보호자를 위한 팁

응급실 방문 팁

응급실에서는 환자는 물론이고 보호자도 정신이 없다. 알아듣기 어려운 의학용어가 난무하는 긴박한 응급실에서 보호자는 환자보다 이성적이야 한다. 항상 환자의 컨디션을 미리 체크해두고, 증상을 묻는 의료진에게 최대한 자세하게 환자의 상태를 전달하는 것이 중요하다.

앞서 말했던 것처럼 통증의 정도를 1부터 10까지의 수치로 표현해서 설명하거나, '어떠한 의료적 조치를 했더니 언제부터 언제까지 이러한 증상을 보이더라' 등 응급실에 오게 된 내용을 최대한 자세히 정리하여 이야기하는 것이 좋다. 무작정 나부터 봐달라는 식의 어필은 응급실에서 통하지 않는다.

L-tube 삽입 과정과 주의할 점

L-tube는 보통 '콧줄'이라고 표현한다. 보통 식이가 어려운 환자에게 영양분을 공급하기 위해 삽입하는 경우가 많은데 엄마의 경우는 반대였다. 장 내 수분이나 가스 축적을 막아 복통을 조금이라도 줄이기 위해 감압을 하는 것이 목적이었다.

의료진은 콧줄을 삽입하기 전 환자의 키를 물었다. 키에 따라 삽관하는 길이 등이 달라지는 것 같다. 그 후 투명한 관에 윤활제를 바르고 "꿀꺽" 또는 "꿀떡꿀떡" 하며 박자를 알려주는데, 환자가 그 박자에 맞춰서 관을 삼키도록 유도했다. 이때 헛구역질을 하거나 구토를 하면 처음부터 다시 해야 한다. 환자가 진정된 상태에서 원활하게 잘 진행될 수 있도록 응원해주자.

콧줄 삽입이 끝난 후에는 곰코 석션기 또는 수동으로 감압 가능한 자연 배액 팩(스프링 장치가 있는)을 연결해준다. 화장실을 가거나 산책 시에서는 자연 배액 팩을 연결해서 사용하면 된다. 보통 2주 뒤에 교체해준다.

가끔 이물질로 인해 콧줄이 막히는 경우가 있다. 그럴 때는 이물감이 있는 부분을 꾹꾹 누르면 이물질이 빠진다. 그럼에도 불구하고 배액이 원활하지 않으면 엄마는 복통을 호소했다. 그럴 때는 빠르게 의료진에게 세척(Irrigation)을 요청하거나 콧줄 교체를 요청했다. 다만 교체의 경우, 환자가 고통스러운 과정을 반복해야 하므로 최대한 환자를 위한 방법이 무엇인지 고민해야 한다.

끝으로, 콧줄이 헐거워질 때가 있다. 보호자가 의식이 있다면 콧줄이 빠지거나 더 들어가지 않도록 잡아달라고 한 뒤, 테이프를 살살 떼서 교체해주었다. 콧줄을 고정하기 위한 테이프 모양이 따로 있지만, 당장 의료진이 바빠서 요청이 어려울 때는 테이프(거즈를 고정할 때 사용되는 하얀색 또는 살구색 테이프)를 직사각형으로 약 8cm 정도 잘라 세로 방향 기준으로 1/2 지점까지 길게 2등분하여 콧줄 전용 테이프 모양과 비슷하게 만들어 고정해주었다.

* * *

나는 엄마가 입원한 동안 최대한 편안하게 지내길 바랐다. 그래서 의료진의 처치 중 내가 할 수 있는 것들은 의료진에게 직접 물어보거나 어깨너머로 배웠다. 그러다 보니 내가 직접 해줄 수 있는 것들이 많아졌다. 나의 작은 노력들이 모여 엄마의 불편함을 즉각적으로 덜어줄 수 있게 되었고, 그렇게 서로를 더 의지하며 하루하루를 보냈다.

해줄 수 있는 것이 없다고 자책하지 말자. 현재 상황에서 보호자로서 해줄 수 있는 모든 방법을 찾아보자. 후회하지 않도록 말이다.

< 대한암협회 > 약제비 지원사업*

　　마지막 항암제인 얼비툭스의 경우는 비급여로 적용이 되었기 때문에, 1회 투여에 약 200만 원 정도의 비용을 지출해야 했다. 얼비툭스 부작용에 대해 인터넷으로 검색해보던 중 <대한암협회>의 약제비 지원사업 공고를 보게 되었고, 추후 병원에서도 신청 방법을 안내해주었다. 환급 금액은 개인별로 다르며 해당 내용은 비밀 유지 의무를 따라야 하기 때문에 신청 후 서류상으로 안내받을 수 있었다. 1차 신청 서류는 복잡하고 많지만, 2차부터는 진료비 세부 내역서 및 계산서·영수증만 보내면 된다. 특별한 사유가 없으면 2개월 이내에 환급금이 처리된다.

* http://www.kcscancer.org/pages/project/support_detail.php?seq=19

환급 대상자

얼비툭스주 현재 허가사항 암종 내에서(2014년 3월 5일~현재까지) 전액
본인 부담으로 얼비툭스주(세툭시맙) 약제를 사용한 자

1) EGFR-양성, RAS 정상형(wild-type)인 전이성 직결장암 환자
   - Irinotecan 기반의 항암화학요법과의 병용요법
   - FOLFOX와 병용하는 일차요법
   - Irinotecan에 내약성이 없으며, Oxaliplatin과 Irinotecan을 포함한 요
     법에 실패한 환자에의 단독요법

2) 두경부 편평세포암 환자
   - 국소 진행성 질환에 방사선 요법과의 병용요법
   - 재발성 및/또는 전이성 질환에 Platinum계 약물을 기본으로 하는 항
     암화학요법과의 병용요법

환자 작성 서류

1) 환급 신청서
2) 개인정보 처리 동의서 - 환자 본인용
3) 비밀유지 확약서
4) 진료비 세부 내역서 및 영수증 - 전액 본인 부담으로 치료받으신 얼비
   툭스주의 내역(수량 및 금액)이 확인되어야 합니다.
5) 진단서 - 6개월 이내 발급 서류에 한함(소견서, 사망진단서 안 됨)
6) 본인 신분증 사본 - 제출 시 생년월일 이후 숫자는 보이지 않게 처리 후
   발송
7) 통장 사본 - 본인 명의

※ 2번째 신청부터는 진료비 세부 내역서 및 계산서·영수증만 보내주시면 됩니다.

출처: http://www.kcscancer.org

사전연명의료의향서와 연명의료계획서

사전연명의료의향서

19세 이상이면 누구나 자신이 나중에 아파서 회복 불가능한 상태가 됐을 때 연명의료를 받지 않겠다는 뜻을 미리 밝혀둘 수 있는 서류이다. 연명의료 및 호스피스에 관한 의향을 문서로 작성해두는 것이다. 등록기관에 등록된 사전 연명의료의향서는 연명의료 정보처리시스템의 데이터베이스에 보관되어 법적 효력을 인정받는다. 국립연명의료관리기관*에서 작성할 수 있다.

연명의료계획서

연명의료계획서는 말기 환자나 임종 과정에 있는 환자가 가까운 시일 내에 임종이 예상되는 경우 담당 의사와 함께 연명의료에 대한 의향을 문서로 남기는 것이다. 말 그대로 '임종이 오면 어떤 방법으로 치료를 도와드릴까요?' 등의 질문을 통해 앞으로의 치료 계획을 미리 환자에게 답변을 받아 작성해놓는 것이다. 그 내용으로는 심폐소생술, 혈액투석, 항암제 투여, 인공호흡기 착용, 체외생명

---

* https://www.lst.go.kr

유지술, 수혈, 혈압 상승제 투여 등이 있었다.

　엄마의 경우는 수혈, 혈압 상승제 투여에만 동의했다. 병원으로 오는 시간을 벌어 마지막 임종에 가족과 함께하기 위함이었다.

<사전연명의료의향서와 연명의료계획서의 차이>

	사전연명의료의향서	연명의료계획서
대상	19세 이상의 성인	말기 환자 또는 임종 과정에 있는 환자
작성	본인이 직접 작성	환자의 요청에 의해 담당 의사가 작성
설명 의무	상담사	담당 의사
등록	보건복지부 지정 사전연명의료의향서 등록기관	의료기관윤리 위원회를 등록한 의료기관

병원, 호스피스 전원 준비

호스피스 입원을 망설이지 말자

의료진이 호스피스를 권유했다면, 적극적으로 호스피스 입원 대기 예약을 해두고 최대한 빠른 시일 내에 환자가 입원할 수 있도록 하는 것이 좋을 것 같다.

말기암 환자였던 엄마의 경우는, 장폐색이라는 합병증으로 인해 극심한 통증을 겪었다. 보호자에게도 느껴질 만큼 정말 극심한 통증이다. 하루에 20시간을 통증을 호소했다.

이럴 때 '우리 엄마가 또는 아빠가 무슨 호스피스야, 말도 안 돼'라고 생각하고 미루는 것이 결론적으로 누구를 위한 선택인지를 잘 고민해볼 필요가 있다.

호스피스는 통증 조절과 존엄한 죽음에 있어 중요한 역할을 한다. 생명을 위협하는 질환을 가진 환자와 가족의 심리까지. 그 어려움을 돕는다. 호스피스 기관별로 프로그램은 다르지만 장례 계획 세우기, 가족과 추억 공유하기 등 삶을 돌아보는 시간을 마련해주는 곳도 있다.

의료 서비스에 대한 정보를 평소에 잘 익혀두자

호스피스는 입원형, 가정형, 자문형으로 나뉘며 각 병원마다 다르다. 신촌 병원의 경우는 자문형 호스피스였고, 방문간호 서비스가 있었다. 우리 엄마에게는 적용하기 어려운 서비스였지만, 장루 상처 케어와 링거 케어 등이 가능했고, 정해진 날짜에 자택으로 간호사가 방문해주었다(환자 개인마다 적용할 수 있는 의료 서비스가 다르므로 정보를 잘 알고 있는 것이 나중에는 많은 도움이 된다).

환자 서류 잘 챙겨놓기

병원을 옮길 때나 보험 청구를 할 때 필요한 서류는 시간 날 때 미리미리 요청하고, 챙겨두는 것이 좋다. 서류는 발급받는 데에만 하루가 걸리는 것도 있는데, 담당 의료진이 해당 내용의 작성을 해야 하거나 확인이 필요한 서류가 생길 때가 있기 때문이다. 가장 기본적인 서류는 아래와 같다.

- 진단서 또는 소견서
- 최근 CT 또는 MRI 영상자료
- 최근 혈액검사결과지
- 의무기록지

슬픔이

사라지진

않겠지만

이별 앞에

당신이

무너지지

않기를.

엄마는 비 오는 날
꽃놀이 여행을 떠났다

초판 1쇄 발행 2022년 11월 01일

지은이 추소라
펴낸이 류태연

편집 김수현 | **디자인** 렛츠북 디자인팀

펴낸곳 렛츠북
주소 서울시 마포구 양화로11길 42, 3층(서교동)
등록 2015년 05월 15일 제2018-000065호
전화 070-4786-4823 | **팩스** 070-7610-2823
이메일 letsbook2@naver.com | **홈페이지** http://www.letsbook21.co.kr
블로그 https://blog.naver.com/letsbook2 | **인스타그램** @letsbook2

ISBN 979-11-6054-579-1 (03810)